Quando vimos nossos protagonistas pela última vez...

Estamos em perigo! DE NOVO!

D'ah!

E um vilão queria aprontar algo terrível...

A CHAVE? QUAL CHAVE SERÁ USADA PARA ABRIR A ÁRVORE DO ACESSO E ME TRAZER PARA ESTE MUNDO?

AAH! MEU NOME É THRULL E EU CUIDAREI DISSO.

Uma traição sem tamanho!

Mas o vilão e Thrull foram vencidos com a ajuda de novos aliados

O mal foi mandado de volta pro seu lugar.

E eu teria me dado bem se não fosse por essas crianças intrometidas!

Nossos heróis tiveram um grande banquete.

Ufa! Tenho certeza de que não teremos novos problemas a partir de agora, hein pessoal?

...pessoal?

Jack não poderia estar mais errado. Porque...

OS ÚLTIMOS JOVENS DA TERRA
O REI dos PESADELOS

TRADUÇÃO CASSIUS MEDAUAR

> E esse título "O Rei dos Pesadelos"? Putz. Isso parece ruim.

> Não poderia ser Os últimos jovens da Terra e a diversão infinita sem inimigos?

MAX BRALLIER & DOUGLAS HOLGATE

MILK SHAKESPEARE

COPYRIGHT © 2015 BY MAX BRALLIER

ILLUSTRATIONS COPYRIGHT © 2015 BY DOUGLAS HOLGATE

PENGUIN SUPPORTS COPYRIGHT. COPYRIGHT FUELS CREATIVITY, ENCOURAGES DIVERSE VOICES, PROMOTES FREE SPEECH, AND CREATES A VIBRANT CULTURE. THANK YOU FOR BUYING AN AUTHORIZED EDITION OF THIS BOOK AND FOR COMPLYING WITH COPYRIGHT LAWS BY NOT REPRODUCING, SCANNING, OR DISTRIBUTING ANY PART OF IT IN ANY FORM WITHOUT PERMISSION. YOU ARE SUPPORTING WRITERS AND ALLOWING PENGUIN TO CONTINUE TO PUBLISH BOOKS FOR EVERY READER.

COPYRIGHT © FARO EDITORIAL, 2020

Todos os direitos reservados.

Nenhuma parte deste livro pode ser reproduzida sob quaisquer meios existentes sem autorização por escrito do editor.

Milkshakespeare é um selo da Faro Editorial.

Diretor editorial: **PEDRO ALMEIDA**

Coordenação editorial: **CARLA SACRATO**

Preparação e revisão: **MONIQUE D'ORAZIO**

Capa e design originais: **JIM HOOVER**

Adapatação de capa: **OSMANE GARCIA FILHO**

Adaptação de projeto gráfico e diagramação: **CRISTIANE | SAAVEDRA EDIÇÕES**

Dados Internacionais de Catalogação na Publicação (CIP)
Angélica Ilacqua CRB-8/7057

Brallier, Max
    Os últimos jovens da terra : o rei dos pesadelos / Max Brallier ; ilustrações de Douglas Holgate ; tradução de Cassius Medauar — São Paulo : Faro Editorial, 2020.
    272 p. : il.

    ISBN 978-65-86041-13-2

    1. Literatura infantojuvenil 2. Livros ilustrados I. Título II. Holgate, Douglas III. Medauar, Cassius

19-2618	CDD 028.5

Índice para catálogo sistemático:
1. Literatura infantojuvenil 028.5

FARO EDITORIAL

1ª edição brasileira: 2020
Direitos de edição em língua portuguesa, para o Brasil, adquiridos por FARO EDITORIAL

Avenida Andrômeda, 885 – Sala 310
Alphaville – Barueri – SP – Brasil
CEP: 06473-000
WWW.FAROEDITORIAL.COM.BR

Para o Chewy, sempre e para sempre pronto para a aventura. Nos encontraremos de novo um dia, amigão.

—M. B.

Para Scott, Ainslie e Reuben

—D. H.

Mapa de Wakefield

- Materiais de construção
- Floresta
- Corpo de Bombeiros
- Pista de Super Mario Kart da Vida Real
- Parque da cidade (Agora cheio de Trepadeiras)
- Casa do Quint
- A Velha Fábrica de Caixas (e toca da Besta)
- Docas (Monstros Marinhos?)
- Escola Parker de Ensino Fundamental

O Velho Pântano
Supermercado
Trilhos do trem (lar do Demônio de Tentáculos)
Praça Central (Tem a Casa na Árvore, a Pizza do Joe e os monstros amigões!)
Velho Cemitério Sul
Grande Desmanche do Big Al (Agrupamento de zumbis)
Burguer King
Shopping (Lar do Vermonstro)

Capítulo Um

Quer saber qual o jogo mais radicalmente fantástico da vida?

Eu posso te dizer qual.

É o Super Mario Kart da Vida Real.

E nós estamos jogando neste exato momento.

Meus melhores amigos, Quint, June e Dirk, estão dirigindo pela cidade em veículos pós-apocalípticos descolados: karts modificados que chamamos de BuumKarts.

Dirk construiu os BuumKarts e Quint os turbinou com equipamentos veiculares irados de combate: armas de paintball, lançadores de bola de gude defensivas, pneus com espinhos, estilingues movidos a gás, ou seja, o básico.

Mas e eu, Jack Sullivan? Eu não preciso de um BuumKart, pois corro montando meu cachorro-monstro incrível, o Rover.

Há uma razão para criarmos esse *Super Mario Kart da Vida Real*. Percebi que a energia e o entusiasmo dos meus amigos estavam meio baixos. Quer dizer, eu praticamente não estava conseguindo diferenciar mais os amigos dos zumbis...

Zumbis.

Amigos agindo como zumbis.

Então eu pensei, tipo, "PRECISAMOS DE MAIS EMOÇÃO! E o que é mais emocionante do que construir uma pista de kart cheia de saltos, poças de óleo e uma parte oval de aceleração passando pela casa do velho assustador Aiken?".

Essa é uma das vantagens da vida após o Apocalipse dos Monstros, você pode criar pistas gigantes no estilo Mario Kart pela sua cidade natal.

No momento, June está ganhando, e eu *tenho* que acabar com isso! Ela conquistou o primeiro lugar por *três corridas seguidas*! Eu pego meu canhão de camisetas e...

Em cheio! O Kart de June atravessa a esquina, gira e bate no corpo dos bombeiros.

— Não mexa com o rei! — eu grito. Rover uiva triunfante quando assumimos a liderança. Mas eu olho para trás e vejo que o BuumKart de June está todo quebrado.

Droga. A ideia é vencer, claro, mas não deixar seus amigos inconscientes! Conheço bastante sobre amigos, porque tenho os melhores amigos do mundo e tenho certeza de que eles não gostam de ser nocauteados.

Eu puxo as rédeas de Rover e ele se vira.

— June, você está bem? — Começo a falar, mas então...

— Sim, tô bem.

— Bem a fim de BURLAR AS REGRAS E DETONAR VOCÊ!

BESTA SURPRESA LANÇA-BOLAS!

THWACK! A bola de futebol americano me derruba da sela do Rover de primeira. Caio na grama. Bestas surpresa lança-bolas *são terríveis*.

— O seu problema, Jack, é que você é bonzinho demais — June me provoca. — Você não tem o mesmo espírito competitivo que eu.

Ela está prestes a acelerar e me passar quando algo INSANO acontece.

Eu não uso o termo "INSANO" à toa, já que praticamente todas as coisas que acontecem durante o Apocalipse dos Monstros podem ser classificadas como insanas ou, no mínimo, muito malucas.

Nós ouvimos uma voz.

Uma voz *humana*.

Não consigo entender as palavras, mas a voz vem de dentro do corpo dos bombeiros. Nós vimos ou ouvimos *zero humanos* desde o início do Apocalipse dos Monstros. Então, como eu disse antes, sim, INSANO.

June e eu corremos instantaneamente para o corpo de bombeiros e pressionamos nossos ouvidos na porta de metal vermelha.

Ouvimos a voz novamente.

June olha para mim com os olhos esbugalhados. CONFIRMADO: isso aqui é INSANO e MUITO MALUCO.

Eu giro, colocando as mãos na boca.

— Quint! Dirk! Vamos fazer uma pausa!

— Não mesmo, amigo! — Quint grita quando seu BuumKart vem dobrando a esquina. — Não vou cair nesse truque de novo!

— Não é uma pausa falsa! É uma pausa verdadeira! — eu grito. — Muito verdadeira!

June comenta que eu *não* deveria estar gritando, já que não temos *ideia* de quem está dentro do corpo de bombeiros. Ela tem razão. Examino rapidamente as possibilidades, e os resultados são bem ruins...

Saqueadores Terríveis da Terra Devastada!

POSSIVELMENTE LÁ DENTRO NESTE MOMENTO!

Pneus freiam, Quint e Dirk param e pulam de seus BuumKarts.

— O que foi? — Dirk pergunta.

— Vozes que parecem humanas — June sussurra. — Dentro do corpo de bombeiros!

— Nunca investigamos o quartel dos bombeiros — Quint afirma. — Estou bastante curioso.

— Claro que você está curioso! — respondo. — Não ouvimos nenhuma outra voz humana há meses!

Ouvimos vozes de *monstros*, mas essas são todas *graves* e monstruosas. As únicas vozes humanas que ouvimos foram *as nossas*.

De repente, minha mente está em um lugar totalmente diferente, pensando em como eu não fazia ideia de que minha voz era anasalada. Isso poderia explicar anos de dificuldade em fazer amigos, porque quem quer ser amigo do garoto com a voz ruim? Agora, se é anasalada, por que ninguém me disse antes? Eu poderia ter trabalhado nisso, até tentado colocar um sotaque legal ou algo assim, talvez até...

— Jack! — June me chama de volta à realidade, apontando o dedo para a porta do corpo de bombeiros. Dirk está puxando a maçaneta, abrindo a porta e...

BOMBEIROS ZUMBIS!

UHHHGGHNNN!

— Cuidado! — June grita. Um pesado chefe dos bombeiros morto-vivo está indo para cima do Quint!

Quint imediatamente se enrola como uma bola e se finge de morto como se fosse um ataque de urso. Felizmente, Dirk está lá. Ele pega os dois zumbis pelos tornozelos e usa sua força absurda para...

ZUMBIS CATAPULTADOS!

Nós corremos para dentro do corpo de bombeiros antes que os outros zumbis pudessem pensar em pegar a gente. Rover corre atrás de nós, mal tendo tempo de entrar, então... *SLAM*! Eu fecho a porta com tudo.

O quartel dos bombeiros está frio, e o lugar todo cheira a gente apodrecida, queijo vencido e comida chinesa velha.

Mas o que exatamente vemos lá dentro?

Praticamente nada. Agora que os zumbis se foram, o corpo de bombeiros está vazio.

Então, *quem* nós acabamos de ouvir falando? Definitivamente não eram os zumbis, porque eles não falam, eles gemem.

— Vamos — eu chamo. — Temos que verificar todos os cômodos. Alguém estava aqui dentro falando alguma coisa.

Caminhando juntos para garantir segurança e prontidão para batalhas, procuramos algo no corpo de bombeiros.

Logo determinamos que não há mais ninguém, zumbi ou não-zumbi, dentro do corpo de bombeiros. Eu me inclino contra um caminhão empoeirado.

— Eu não entendo — começo a falar. — Nós ouvimos vozes! E então acontece. Ouvimos de novo.
A VOZ.
Letras maiúsculas em "VOZ", porque isso é algo GRANDE. Nós ouvimos, e ela está vindo de um rádio...

ALÔ? TEM...

BZZZZT

...ALGUÉM AÍ? AQUI É...

<ESTÁTICA> BZZZZT

...RESPONDA SE...

<ESTÁTICA> BZZZZT

...NÓS SOMOS...

Meu coração fica acelerado e meu pulso bate no ritmo de: Não. Acredito. Não. Acredito. Não. Acredito.

June corre em direção ao rádio, se ajoelhando, praticamente deslizando pelo chão.

— Estamos aqui! — ela grita. — Estamos aqui! Pode falar! Repito, estamos aqui! Outras pessoas! Humanos! Somos quatro!

E então vem a voz novamente:

— REPETINDO, AQUI É... *ESTÁTICA*, BZZZT... ESTAMOS... BZZZT... RESPONDA SE... *ESTÁTICA*... TENTAREMOS DE NOVO EM... *ESTÁTICA*, BZZZT...

O rádio para completamente. Não sobra nem a estática sibilante. Apenas silêncio total. A transmissão, ao que parece, acabou.

June estende a mão gentilmente e a coloca no rádio, como se fosse um artefato mágico antigo. Os olhos dela estão vidrados.

— Eu não entendo. Eu tentei responder — ela diz. — Mas eles não ouviram...

Após um rápido exame do rádio, Quint diz:

— Não podemos responder. Este é um rádio escâner, só recebe.

June desmonta.

— Aah!

— Não se preocupe — Quint a consola. — Simplesmente ouvir outros humanos é algo enorme! No entanto, o sinal é fraco. É por isso que havia tanta estática. Vamos voltar para a casa na árvore. Eu posso procurar amplificar o sinal.

June olha fixamente para o rádio, mordendo de leve seu lábio inferior e, então, parece a ponto de explodir...

Humanos! Ouvimos outros humanos!!

Ouvimos! Vamos levar o rádio conosco. Com sorte, eles tentarão de novo.

Dirk permanece rígido, com os braços cruzados; mas, depois de um momento, sua boca forma um sorriso largo e quadrado.

Meus amigos estão realmente muito felizes. E não há nada melhor do que ver seus amigos realmente muito felizes.

Certa vez, ouvi uma senhora de cabelos grisalhos dizer que a melhor parte das festas era dar presentes, não recebê-los. E eu pensei, *senhora, você é lunática,* ganhar um monte de coisas é o melhor. Para mim, que cresci órfão, as festas nunca eram no estilo *Esqueceram de mim*, mas ainda assim, caramba, eram presentes de graça!

Mas agora eu entendo o que aquela velha senhora de cabelos grisalhos queria dizer.

— Bem, então bora! Vamos nessa! — June exclama. — O que estamos esperando?! Quem estiver falando, precisamos encontrá-los! Agora! Sem demora!

Quint balança a cabeça.

— June, não sabemos por onde começar. Quando o Apocalipse dos Monstros começou, havia rumores de que algumas pessoas tinham fugido para o oeste. Mas isso foi há meses! Essa transmissão pode estar vindo de *qualquer lugar*! Um país diferente, até! Precisamos saber *onde* estão esses humanos antes de fazer qualquer coisa.

— Ah — June começa. — Entendi.

De repente, tenho uma sensação estranha no estômago... uma sensação assustadora de medo e confusão.

— Pessoal — começo a falar. — Eu só quero ressaltar que... a voz era realmente bem estática e fraca.

June aperta minha mão.

— Jack, isso não importa. O que importa é que ainda existem pessoas vivas. Existem outros humanos por aí! Nós não somos os últimos...

CA-CRAK!

O quartel do corpo de bombeiros chacoalha, treme, e pedaços do teto e poeira começam a cair. Algo acabou de pousar no teto... e é algo grande.

> June, talvez você tenha comemorado um pouco alto demais...

> É melhor alguém dar uma olhada nisso.

> Ah não!

> Ah não!

Dirk e eu vamos subimos ao terceiro andar para verificar a situação no telhado. Eu silenciosamente abro uma janela... o que quer que esteja no telhado é grande e não tenho interesse em alertá-lo da minha presença.

— Tome cuidado — Dirk alerta.

— Olha com quem você está falando! — eu respondo, sorrindo enquanto o cumprimento com um soquinho.

— Eu sei bem com quem estou falando. Por isso eu disse isso.

— Sim, claro — murmuro. Saio pela janela e fico no parapeito. Estico os braços e me seguro no cano da calha.

Olhando para baixo, noto que os zumbis dos bombeiros foram embora. O que quer que seja essa coisa grande no telhado, conseguiu assustar os zumbis. E eu não gosto disso...

Dando um jeito de subir, espio por cima da borda do telhado.

E engulo em seco.

Uma grande engolida.

Não é como um gole grande em um refrigerante. Engulo em seco forte, como se estivesse engolindo uma bola de tênis.

SCRUNTCH...

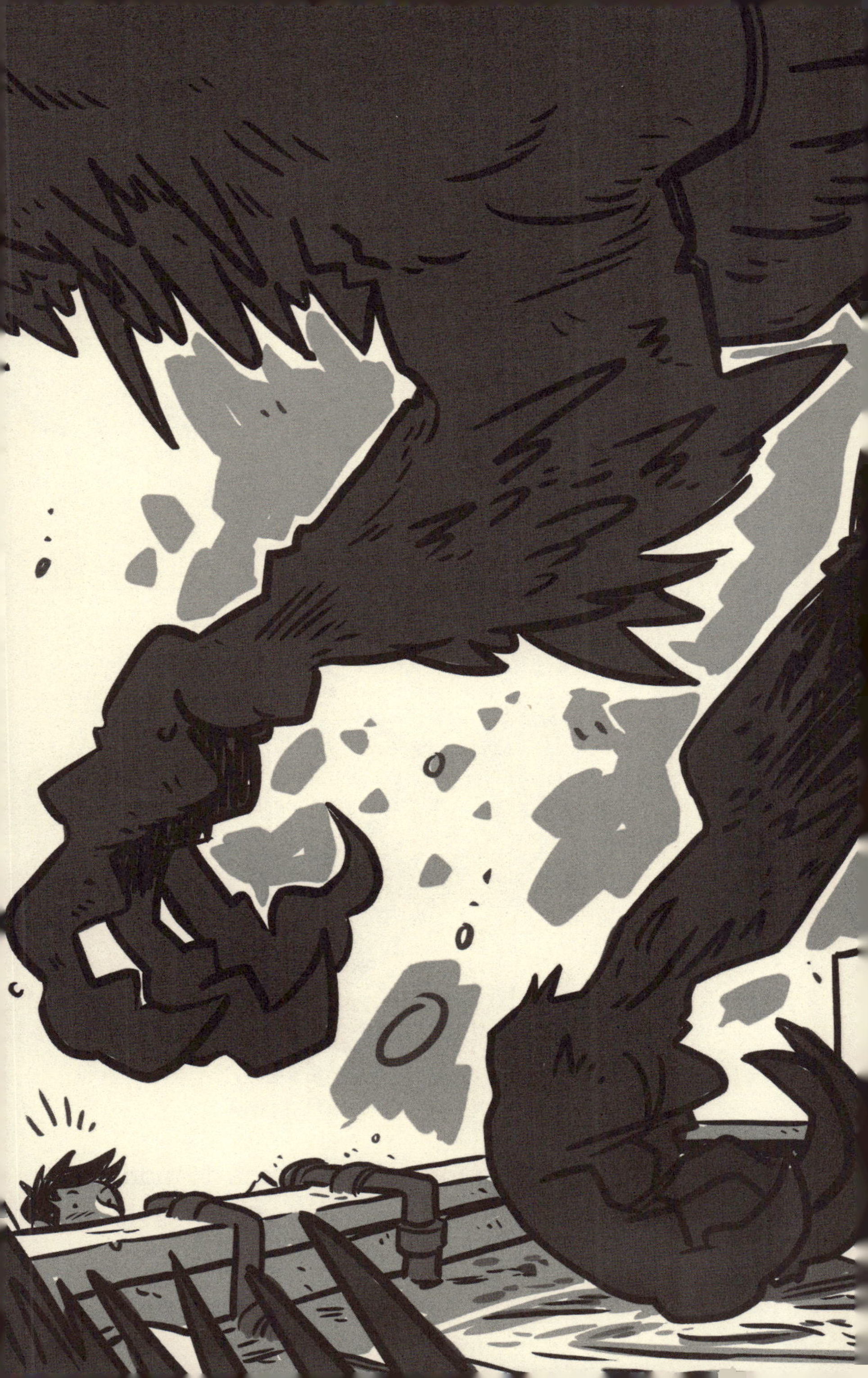

Estou olhando para algum tipo de fera voadora terrível. Esse monstro parece um pouco com os Monstros Alados, mas tipo... MUITO MAIOR e BEM MAIS ASSUSTADOR. Ah, bom, se você não sabe do que estou falando, esse aqui abaixo é um Monstro Alado...

Lembra deste malvadão?

Não emiti um único som, mas a cabeça do monstro de repente se abaixa em minha direção. Como se ele me sentisse lá. Seus olhos, tipo, *olham* nos meus e é algo totalmente bizarro e eu me sinto congelado. Essa coisa é horrivelmente horrível. Há cicatrizes no rosto, como se já tivesse dado algumas voltas por aqui. O medo faz meus dedos apertarem o cano, segurando mais e mais forte, até que...

CA-CRAK! **CLANG!**

Ah, droga.

Um momento depois, Dirk está puxando o cano inteiro para dentro. Eu me arrasto pelo chão, feliz por estar em terra firme. Desço as escadas correndo e minha voz falha quando digo:

— Caras. É sério. A coisa lá em cima é tipo um Monstro Alado, mas *maior*! MUITO MAIOR. E não é algo agradável de se ver. Sei que todos estão empolgados com o rádio, mas agora estamos presos dentro deste quartel de corpo de bombeiros.

— Devo lembrá-lo — Quint fala — que é muito importante escaparmos daqui com nossas vidas e com o rádio.

— Podemos esperar o monstro ir embora? — June sugere.

No instante que ela diz isso, o prédio treme, e pedaços de teto caem no chão. As garras do monstro estão apertando as paredes.

— Não acho que esperá-lo ir embora é uma opção... — falo baixinho.

Então, com isso, anuncio um plano que soa bem pensado, mas na verdade estou totalmente inventando conforme falo.

— Então é o seguinte — eu digo. — Vou com o Rover direto pra fora, em velocidade total. Isso irá distrair a grande aberração voadora enquanto vocês entram nos seus BuumKarts e fogem. Então nos encontraremos na casa na árvore. Divertido, hein? Inteligente, hein? Corajoso, hein?

Todo mundo começa a protestar, me dizendo como esse plano é estúpido; mas, na minha cabeça, e eu estou pensando nisso agora, neste momento... preciso proteger meus amigos.

Pego o rádio de June e vejo que ela reluta em soltar.

— Não se preocupe — falo, colocando o rádio no alforje de Rover. — Eu vou mantê-lo seguro. Prometo.

E antes que alguém possa dizer mais alguma coisa, Dirk está abrindo a porta da garagem dos carros de bombeiros e...

Vá, Rover, rápido!

Capítulo Dois

Ouço um trovão ensurdecedor, seguido pelo som de asas batendo e tijolos caindo. Dou uma olhada por cima do ombro. O terror voador está disparando atrás de nós.

— Este pode não ter sido um plano A+, Rover. Possivelmente, está mais para um plano C-. Então... MAIS RÁPIDO! — eu GRITO, e as patas de Rover batem na calçada com ainda mais força.

As asas do monstro estão batendo, o ar se movendo e o som fica cada vez mais alto. Eu sinto o inimigo alado bem atrás de mim, e então...

ATAQUE DA GARRA!

Aah!

Caio com tudo na rua, sacudindo e rolando como um peixe. Meu nariz bate no meu joelho e imediatamente sinto o sangue borbulhando dentro das narinas. Eu ignoro, respiro fundo e depois me levanto, bem a tempo de ver as enormes garras dianteiras da besta perfurarem a pele de Rover.

Rover late alto quando...

AGARRADO!

— NÃO! — eu grito.

O monstro voa baixo, arrastando Rover pela calçada. O som de uma raspagem dolorosa enche meus ouvidos e o medo inunda meu estômago.

Rover de repente rosna e *SLASH!*, golpeia com suas unhas afiadas, rasgando as garras Monstro e assim acaba sendo solto. Ele mergulha no chão, batendo, quicando e rolando pela rua.

Ele rola até parar.

Ele fica caído de lado.

Imóvel.

— Rover! — eu grito, correndo pela rua. Meu cachorro-monstro foi levantado e jogado, tipo, de uns dezesseis metros. — Ah não — lamento, caindo de joelhos ao lado dele.

Coço o pelo grosso e macio atrás das orelhas de Rover.

Nós vamos cuidar de você. Não se preocupe. Mas temos que tirar você daqui! Agora!

As asas do monstro batem e estalam. Ele está se aproximando de mim e de Rover, retornando para terminar o que começou.

Mas então eu ouço vozes gritando.

Eu viro a cabeça rapidamente e vejo meus amigos...

Quint é uma pessoa muito literal.

Mas a fera não se distraiu.

O foco do monstro está apenas no Rover e em mim. Ele ruge para o céu. Suas asas batem no chão, e destroços rodopiam quando ele dispara em nossa direção.

Cem metros e se aproximando.

Sessenta metros e se aproximando.

Trinta metros e se aproximando.

A boca de dragão do monstro se abre e vejo um exército de presas grossas. Engulo em seco. Mas, de repente, suas asas estalam para os lados e as suas patas se esticam para a frente.

CA-CRAK!

Parece um terremoto quando suas garras batem na rua e se cravam no asfalto.

Levanto o pescoço para olhar para o monstro, e então eu o vejo inteiro e 100% claramente pela primeira vez. Ele é maior que qualquer Monstro Alado. Aliás, é como se fosse...

Cicatrizes de batalha.

Asas ósseas.

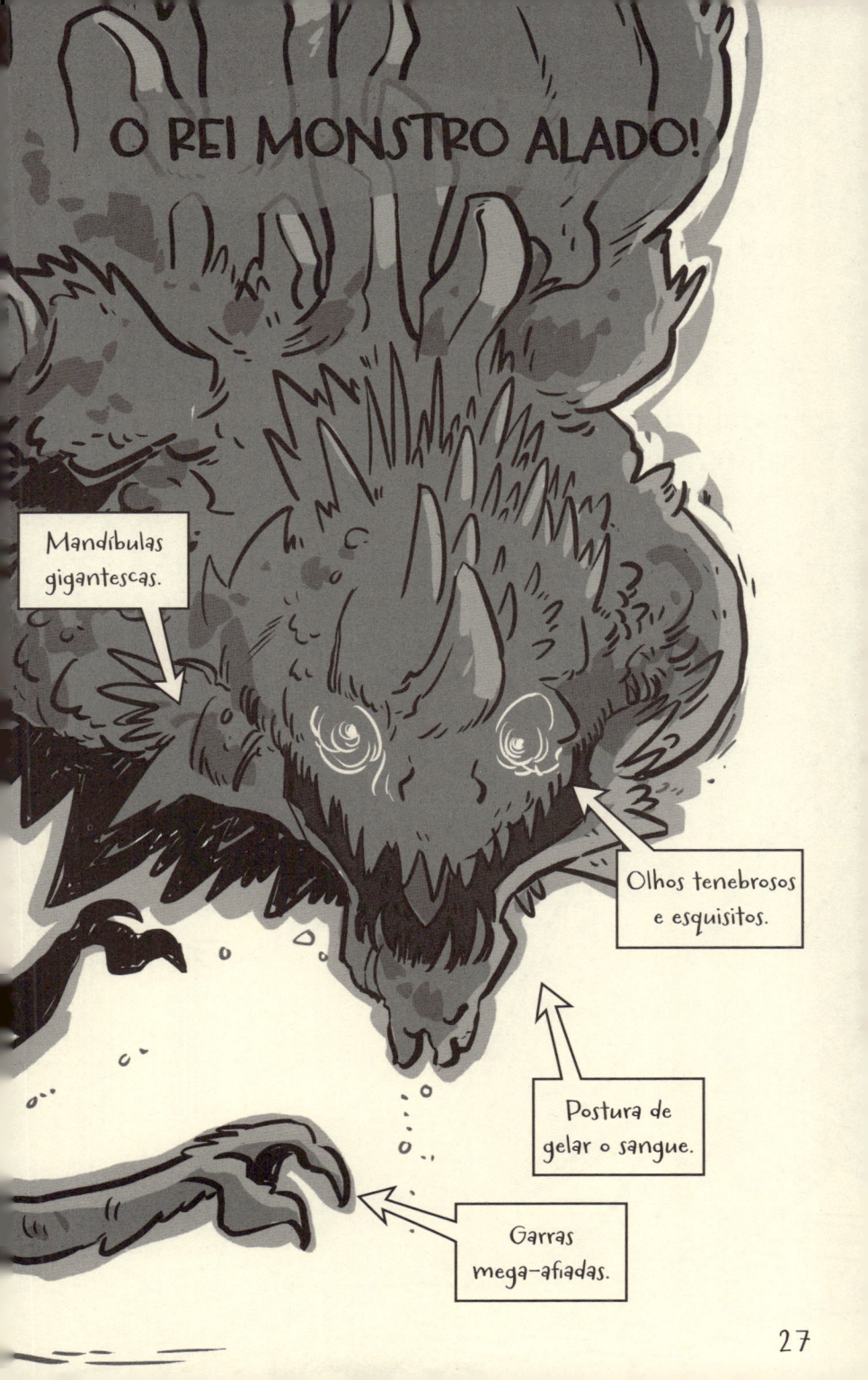

O REI MONSTRO ALADO!

Mandíbulas gigantescas.

Olhos tenebrosos e esquisitos.

Postura de gelar o sangue.

Garras mega-afiadas.

O cheiro do meu próprio sangue no nariz não faz nada para diminuir o terror. Mas Rover geme atrás de mim, e meu medo é substituído por uma raiva furiosa do grande demônio feioso que machucou meu amigo.

Eu desembainho minha lâmina, o Fatiador. Que é basicamente a minha versão pós-apocalíptica de um bastão de beisebol transformado em sabre de luz.

É a arma que derrubou Blarg, o mal antigo.
É a arma que cortou o grande Vermonstro.
É a arma que, espero, vai salvar a gente agora.

Dou um passo à frente, me colocando entre o Rei Monstro Alado e meu amigo ferido. O monstro dá passos pesados que sacodem o planeta até se erguer sobre mim e Rover.

Minha boca está seca. Demoro um momento para falar, mas quando eu falo, eu grito em um rugido...

PRA TRÁS!

Rover é meu amigo e eu não deixo monstros idiotas pegarem meus amigos!

O crânio colossal do Rei Monstro Alado mergulha e se abaixa até ficarmos quase olho no olho. O monstro olha para Rover e depois para mim, fitando nos meus olhos, observando as minhas pupilas.

Surge uma bola na minha garganta. A parte de trás do meu pescoço formiga.

E então sinto meu cérebro borbulhar como um refrigerante...

Capítulo Três

É como se o Rei Monstro Alado olhasse através dos meus olhos, além deles e direto no meu cérebro... como se estivesse olhando profundamente na minha alma. Minha mente fica nublada. Tudo começa a escurecer.

Meu corpo está mole. Trêmulo...

É estranho, mas acho que estou adormecendo. Em pé. Tudo está ficando muito...

SCREECH!

Os pneus derrapando me tiram do meu estranho sono acordado. Eu consigo me virar e vejo...

O Rei Monstro Alado olha para meus amigos e os armamentos do BuumKart, então sua cabeça se volta para mim. Há algo em seus olhos arrepiantes e em suas presas pingando que se assemelha a um sorriso malicioso. Eu vejo, ou melhor, eu sei que esse monstro não tem medo nenhum de mim ou dos meus amigos.

Mas ele parte mesmo assim.

O Rei Monstro Alado me dá uma última olhada, me examinando, e depois dispara para o céu com uma explosão de asas batendo. Seu rabo quebra a calçada enquanto ele sobe, voando, virando e cortando o céu ao longe.

As bolhas de refrigerante no meu cérebro estão desaparecendo e minha cabeça está meio normal novamente. Eu me viro para meu amigo.

— Rover, você está bem?

Rover balança a cabeça como se estivesse clareando as ideias e depois se levanta. Ele parece bem, embora haja uma raiva em seu rosto que eu nunca vi... como se ele não se importasse de encontrar o Rei Monstro Alado novamente.

Como se ele não se importasse com um pouco de vingança.

De repente, June suspira, desesperada.

— O rádio! — ela exclama. — Está quebrado!

O rosto de June fica pálido e ela parece que vai vomitar, mas Quint e Dirk salvam o momento

— Prometo que vou reparar o rádio, June — Quint afirma.

— É bem isso que o nerd falou — Dirk completa. — Vamos consertar. Com certeza.

June balança a cabeça em sinal afirmativo e dá um suspiro trêmulo de alívio.

— Tá bom...

Eu olho ao longe. Observo o Rei Monstro Alado se afastando, ficando pequeno e finalmente desaparecendo por trás do horizonte da cidade em ruínas.

Com alguma sorte, essa será a última vez que veremos essa fera.

Pessoal, acho que já tivemos aventuras e escapamos da morte por um fio o suficiente por um dia.

Que tal voltarmos para a Praça Central?

Agora as coisas estão diferentes.

Muito diferentes.

E não digo diferentes desde que aconteceu o Apocalipse dos Monstros.

Quero dizer que está diferente desde que você esteve com a gente. No último mês, as coisas mudaram drasticamente.

Aqui está uma rápida recapitulação para quem, como eu, tem memória ruim. Seis meses atrás, houve um Apocalipse dos Monstros. Portais se abriram acima da Terra e, de repente, monstros e seres de uma dimensão diferente foram lançados em nosso mundo, junto com a horrível praga dos zumbis. Foi algo mais ou menos assim...

Um grupo desses monstros passou a morar em nossa pizzaria local, a Pizza do Joe. Mas esses não eram maus, eram monstros aterrorizantes-no-começo-mas-totalmente-amigáveis-no-final.

Monstro alado.

Monstro de muitos olhos.

Monstro estranhamente marcante e digno.

Steve.

Monstro preguiçoso.

Muitos outros monstros.

Acontece que, no fim, um dos monstros era mesmo o mal encarnado. O nome dele era Thrull e ele era adorador do ultra vilão diabólico Ṟeżżőcħ, o Antigo, e o destruidor de mundos. Thrull estava tentando trazer Ṟeżżőcħ para a Terra, para que Ṟeżżőcħ pudesse devorar e destruir nosso planeta.

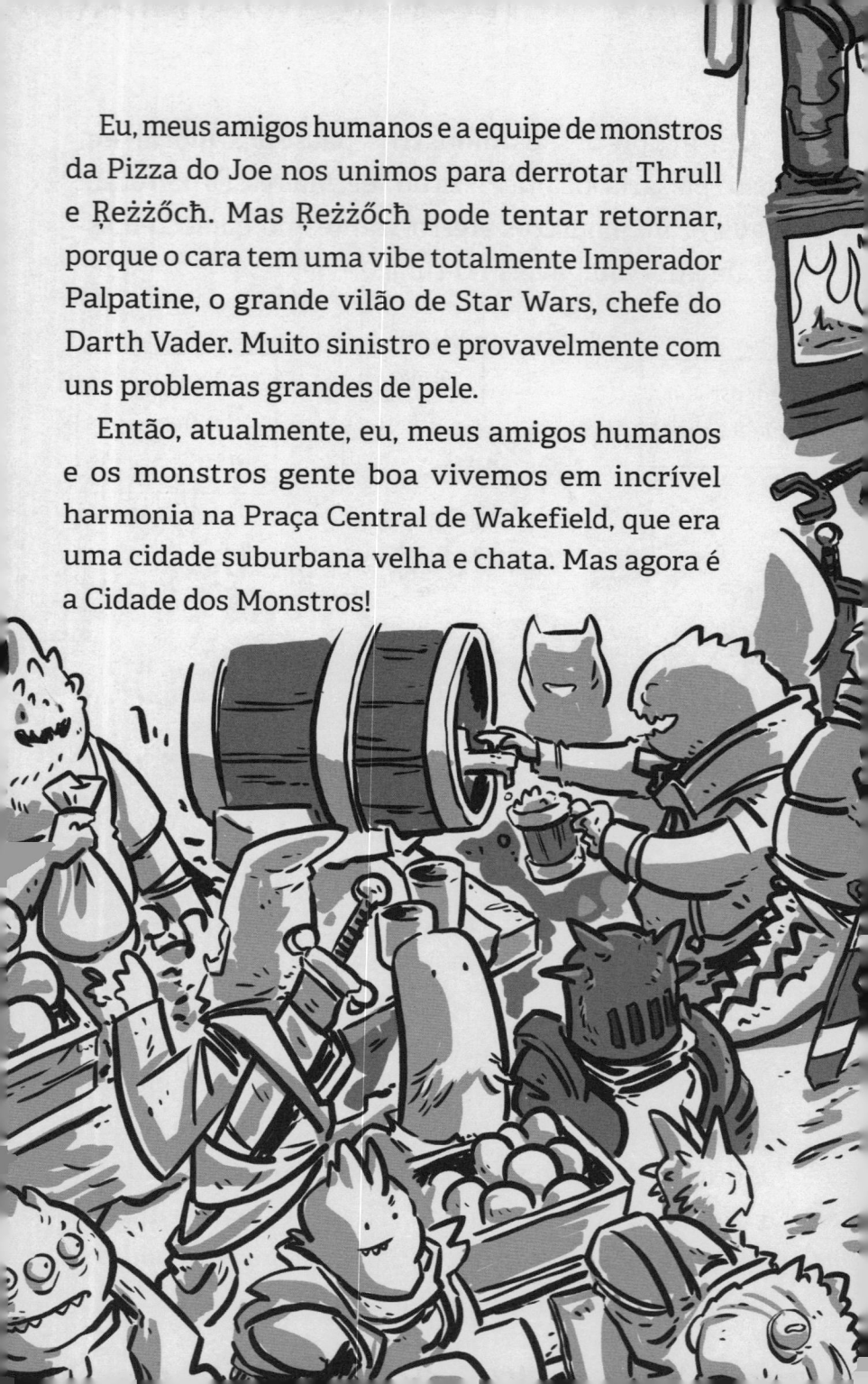

Eu, meus amigos humanos e a equipe de monstros da Pizza do Joe nos unimos para derrotar Thrull e Ṛeżżőcħ. Mas Ṛeżżőcħ pode tentar retornar, porque o cara tem uma vibe totalmente Imperador Palpatine, o grande vilão de Star Wars, chefe do Darth Vader. Muito sinistro e provavelmente com uns problemas grandes de pele.

Então, atualmente, eu, meus amigos humanos e os monstros gente boa vivemos em incrível harmonia na Praça Central de Wakefield, que era uma cidade suburbana velha e chata. Mas agora é a Cidade dos Monstros!

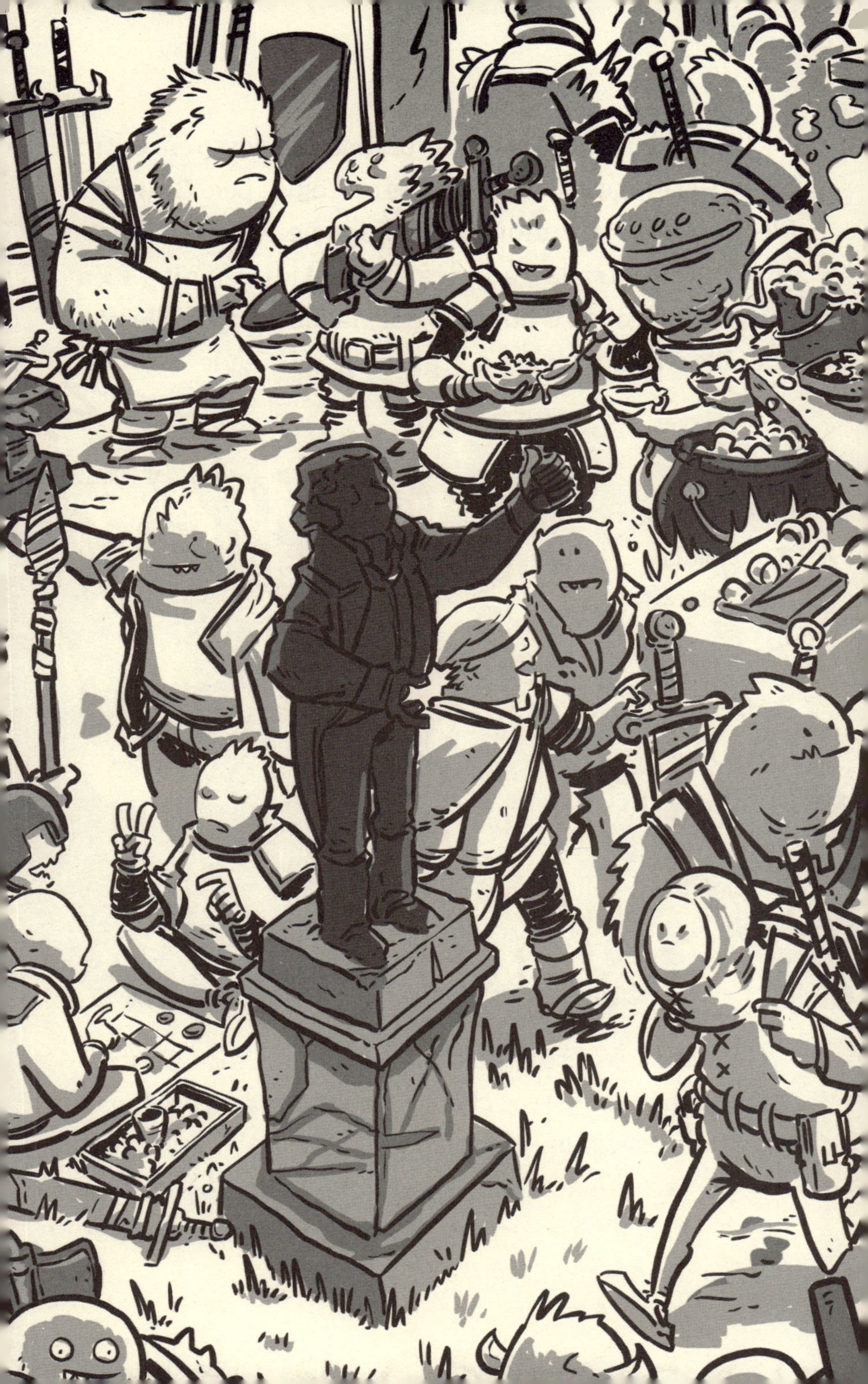

Quando eu e meus amigos voltamos do nosso encontro com o Rei Monstro Alado, somos recebidos pelo Grandão. Ele é o maior dos monstros amigos e é quem fica de guarda na entrada da Praça Central, dia e noite, faça chuva, faça sol ou o nublado normal de sempre. Ele não fala. Ele é basicamente o segurança da cidade.

Ei, Grandão. Como você está?

TAP

MERGH.

Os monstros transformaram a caída Praça Central em um lar de monstros cheio e movimentado, um lugar onde todos são bem-vindos.

— Ei, Jack! — diz um monstro chamado Pogvane.

— Dirk, vamos brincar de braço de ferro mais tarde? — grita o monstro Etagg.

— June, você tem que me mostrar como preparar sua receita de macarrão frito! — comenta outro monstro.

Passeando pela praça, meu coração se enche de alegria. Eu nunca me senti mais completo. É como andar pelo corredor da escola e todo mundo conhecer você, todo mundo diz "Olá", todo mundo quer conversar. É um sentimento que eu nunca tive, um sentimento que eu só podia imaginar até agora.

É camaradagem.

Além dessa camaradagem impressionante de monstros e humanos, a melhor parte da nossa casa na Praça Central é que ela é totalmente livre de zumbis, e isso é graças ao nosso amigo monstro, o Bardo...

Bardo e Quint projetaram tochas para manter os zumbis afastados. Sabe aquelas velas que você acende no verão para afastar os mosquitos? É igual. Nós os chamamos de tochas Tchau-Zumbi. Elas cercam a Praça Central, então não precisamos nos preocupar com zumbis aparecendo em momentos inoportunos e, tipo, nos comendo.

As tochas Tchau-Zumbi talvez também funcionem em Monstros Alados, porque, além do grande Rei Monstro Alado, não temos visto muitos deles ultimamente. Não que eu esteja reclamando.

De qualquer forma, na Praça Central de Wakefield sempre tem alguma coisa divertida acontecendo. Por exemplo:

- Um dia, é o monstro Muldrurd fazendo uma venda de armas e armaduras recém--criadas. Em outro dia, é um concurso de comer pedras.

- Há uma disputa semanal de luta livre em que dois grandes grupos, Thonn e Gronn, competem. Eles tiveram a ideia depois que eu mostrei um episódio antigo de *Lucha Libre* que eu tinha em DVD.

- Às vezes, à noite, vemos filmes. Para mostrar aos monstros como era a vida na Terra, mas também para mostrar como filmes são legais.

Também há restaurantes lá. Os monstros ainda estão aprendendo a cozinhar comida da Terra. Alguns mantimentos deles também caíram pelos portais, mas não muita coisa. A comida é... hã... *interessante*...

Depois de comermos algo, Quint boceja.

— Estou exausto pelas aventuras deste dia. E é melhor começar a trabalhar para reparar o rádio.

— Sim! — June exclama. — Nada de perder tempo! Bora trabalhar, Quint!

Não vou mentir, também estou destruído. E um pouco assustado pelo encontro com o Rei Monstro Alado. Então voltamos para casa, a nossa Casa na Árvore, que é espantosamente legal e *descolada*...

Catapulta #1.

Tirolesa (ótima pra escapadas rápidas e secar meias).

Destilaria de refrigerante.

Balde Banheiro (Precisa ser esvaziado).

Estrago feito pelo ThruLL.
Lança-foguetes.
eliporto pro Helidrone.
Estrago feito pelo ThruLL.
Canhão do Dirk.
Besta.
Chuveiro de água da chuva.
TV de tela plana à prova d'água.
erador elétrico
recarregador
os BuumKarts.
Arsenal, armazenagem de dispositivos e cofre-lancheira do Bestiário.
Defesas externas (afiado!).

A Casa na Árvore costumava ficar no meu quintal. Mas graças a um monstro chamado Vermonstro, a árvore inteira foi transplantada para cá, para o centro da cidade, no estacionamento da Pizza do Joe...

Então é isso, a vida é assim agora.

E enquanto caminhamos para casa, eu penso que a vida é boa.

Ou melhor, a vida é *perfeita*!

Mas é claro que, em um mundo pós Apocalipse dos Monstros, a vida nunca é perfeita por muito tempo...

Capítulo Quatro

Alguns dias depois, acordo cedo e vou brincar com meu Helidrone. Prendo uns pedaços de carne seca nele e Rover tenta pegar no ar.

BZZZZ

SALTO DA CARNE DO ROVER!

Então Quint me chama para subir e entrar na casa na árvore. Minutos depois, estamos todos reunidos lá em cima, e eu fico encostado na entrada para parecer bacana.

Quint tem um sorriso no rosto que é diferente de qualquer sorriso que já vi antes. A comparação mais próxima: quando conseguimos ingressos para a meia-noite, na estreia do segundo filme dos *Vingadores*.

O rosto dele é uma mistura de choque e emoção, como se tivesse ganhado na loteria dos nerds.

Ele liga o rádio, e a pequena luz fica verde. Está funcionando!

— Eu consertei — Quint anuncia. — Mas a questão é o alcance da antena. Preciso de peças para tornar a antena totalmente funcional, mas eu *consigo* e eu *vou* fazer isso. Em breve, poderemos ouvir quem está falando por aí.

June olha para Quint, para o rádio e depois de volta para Quint. E ela entra em erupção...

> Quint, seu maluco magnífico! Isso é fantástico!

Quint está radiante. Eu vejo lágrimas nos olhos de June. Lágrimas grandes, gordas e felizes.

— Jack, isso não é maravilhoso?

— Ah, *é sim!* — respondo. — Imagine as coisas legais que podemos fazer agora! Podemos conhecer monstros! Podemos trocar designs de armas! Trocar informações importantes sobre o Ṛeżżőcħ! Precisamos aprender *todo* o jargão do rádio; quero conhecer toda a linguagem clássica dos caminhoneiros de longas distâncias.

E, de repente, estou me imaginando como um motorista durão pós-apocalíptico, possivelmente o trabalho mais machão de todos os tempos...

Atenção, Atenção... situação complicada. Tanque quase vazio. Bunda dormente. E monstros no horizonte.

— Jack — June chama, me tirando das fantasias de motorista de caminhão pós-apocalíptico. — Meus pais, Jack. Nossas famílias. Podemos descobrir onde eles estão. Lembra do que te contei quando estávamos na escola?

> Meus pais estão por aí, Jack.

> Eu os vi. E um dia vamos nos reunir!

Me lembro daquele momento, meses atrás, no telhado da escola...

— Claro! Isso também! — respondo. — Quero dizer, isso é fantástico. Não é? Obviamente fantástico. Encontrar seus pais. Boa. Ótimo.

Eu olho para Quint. Ele ainda tem aquele sorriso estranho no rosto.

— Quint, amigão. Quem sabe... Você também pode ver sua família novamente.

Quint solta o ar bem devagar e concorda com a cabeça. O canto da boca se levanta em um sorriso cauteloso.

E, novamente, sinto aquela sensação de ansiedade, suor e dor de barriga que tive no quartel dos bombeiros, quando descobrimos pela primeira vez que era um rádio fazendo o barulho.

Minha cabeça começa a girar. Dirk e June estão discutindo sobre o rádio, e Quint já está traçando planos de como aumentar o alcance. As vozes dos meus amigos rodopiam ao meu redor e sinto o suor escorrendo pela minha testa. Tento engolir, mas minha boca está seca como um deserto.

— Gente, eu só preciso de um pouco de frescor, hum, qual é a palavra... Biscoitos frescos? Hálito fresco? Quero dizer... ah... ar fresco, eu acho... — Minha voz fica bem baixa quando passo pela porta, para o deque. É final de outono, ou como eu chamo, "outono chique", e o ar esta friozinho.

Mas meu corpo inteiro está quente.

Meu coração está palpitando. Eu tenho um coração palpitante. E isso é um TIPO MAU DE CORAÇÃO!

Por quê? O que está acontecendo?

Tipo... tipo, *pânico*. Pânico real. Estou enlouquecendo. E eu não sei por quê!

Minhas pernas estão bambas e inúteis. Eu preciso de uma bebida gelada. Eu mataria por um suco de laranja gelado. Eu alcanço nosso coletor de água da chuva, pego um pouco de água nas minhas mãos e jogo no rosto.

— JACK! — uma voz monstruosa grita de repente.

Eu pisco. Olhando para baixo, vejo Skaelka na Praça Central. Seus gritos me tiram do pânico. Skaelka era uma guerreira cruel na dimensão monstruosa: selvagem assustadora e ferozmente feroz, pelas histórias que ouvimos.

MEUS NÓDULOS AUDITIVOS DETECTAM GRITOS DENTRO DE SUA FORTALEZA NA ÁRVORE. HÁ VILÕES PRESENTES? VOCÊS PRECISAM DO MEU MACHADO?

— Oi? — eu pergunto, minha cabeça ainda confusa.

— Ah. Não, não. Nós estávamos apenas, hã, celebrando. Alguns dias atrás, nós... hã, ouvimos vozes.

Os espinhos da coluna de Skaelka se flexionaram... o sinal de suspeita dela.

— Vozes! Dentro das dobras do seu cérebro? Você está ficando louco? Devo te derrubar agora cortando sua cabeça? Eu ficaria honrada em fazer a dança da decapitação com você, Jack.

— Não. Não, não — eu respondo. — Nenhuma dança da decapitação é necessária. Mas obrigado mesmo assim. Eu quis dizer que ouvimos vozes no rádio.

— Rádio? — Skaelka pergunta.

— Hum. É como uma TV, mas para sons.

Skaelka pensa sobre isso por um momento.

— Certo. Me informe se precisar de serviços de decapitação. Ou se você descobrir que está ficando louco — ela conclui, e se afasta, arrastando seu machado enorme. Eu penso que, *cara*, estou *muito* feliz daquela guerreira maluca estar do nosso lado.

Respiro profundamente três vezes e volto para a casa na árvore. Meus amigos já estão comemorando. June está acionando os alto-falantes em seu "sistema de som bombástico", enquanto Dirk sacode garrafas de Sprite e espalha refrigerante pela casa na árvore como se tivéssemos vencido o Campeonato Mundial.

Este rádio muda *tudo*.

Todo mundo está alegre.
Todo mundo está feliz.
Todo mundo, exceto eu.
E acho que sei o porquê.
Se eles fizerem mesmo o rádio funcionar, não vai demorar muito para entrarem em contato com outros seres humanos. E talvez até suas famílias.
E o que vai acontecer comigo então?
Não tenho família para onde voltar. Não tenho ninguém esperando por mim. Tudo o que tenho está aqui.
Eu gosto da nossa vida aqui.
Então, eu tenho apenas uma escolha.
Preciso pegar o rádio e ESMAGÁ-LO, DESTRUÍ-LO E IMPEDIR MEUS AMIGOS DE PARTIREM PARA SEMPRE!
Não, não.
Brincadeira. (Mais ou menos)
Preciso mostrar aos meus amigos que a vida aqui é tão excepcionalmente e inegavelmente *perfeita* para todos que eles nunca vão *querer* partir! Se eu puder mostrar aos meus amigos uma diversão sem fim, talvez eles simplesmente esqueçam o rádio de uma vez por todas.
Talvez?
Tomara?
Só há uma maneira de descobrir. Me tornando...

PROTETOR DE AMIGOS, DEFENSOR DO REINO, e MESTRE, CRIADOR E MANTENEDOR DE TODAS AS COISAS RADICALMENTE DIVERTIDAS!
QUE DESCOLADO
CRACK

Capítulo Cinco

Tá bom... meu plano não começou muito bem. É difícil fazer seus amigos quererem ficar quando coisas desse tipo continuam acontecendo:

Jack. Ele está tentando me comer. De novo.

NÃO BOM?

Quando vi Quint prestes a ser devorado, falei para mim mesmo:

— Ah, droga! Coisas assim só farão Quint querer encontrar *mais* os pais dele! E isso significa que ele vai trabalhar *mais* para completar o rádio! Preciso interromper *imediatamente* todos os possíveis incidentes nos quais o Quint acabe sendo devorado, e devo mostrar ao Quint e aos monstros toda uma *gama de coisas incríveis*!

Esta é minha primeira chance de provar que sou mestre, criador e mantenedor de todas as coisas radicalmente divertidas. Estou verificando umas datas em nosso calendário quando surge um plano.

Só para você saber: sou obcecado com o nosso calendário. Eu o chamo de Zumbis em Plástico Bolha Guardiões das Datas de Wakefield. Uma grande folha de plástico bolha representa cada mês. Quando o dia termina, colocamos uma foto de um zumbi na data e estouramos a bolha. Eu sou, naturalmente, o Fotógrafo-Chefe de Zumbis.

Enfim, vejo que já faz exatamente *um mês* que os monstros e nós humanos nos unimos para derrotar Thrull e impedir que Ṛeżżǒcħ devorasse a Terra. E essa é a desculpa *perfeita* para uma grande celebração, monstros e humanos se divertindo *juntos*!

Primeiro, eu conto isso aos meus amigos humanos.

— Gente! — começo a falar. — O que vocês acham de uma espécie de *Olimpíada* de seres humanos contra monstros? Tipo uma grande festa: jogos durante o dia, um grande churrasco à noite!

Dirk encolhe os ombros. June e Quint me lançam olhares afiados que dizem:

— DE JEITO NENHUM. DEVEMOS TRABALHAR NO RÁDIO. O RÁDIO É IMPORTANTE. JOGOS NÃO SÃO IMPORTANTES.

June explica que eles estão construindo algo chamado "antena de aumento de sinal de longo alcance".

Suspiro, resmungo e praguejo, amaldiçoando esse rádio estúpido e inútil! Maldito seja esse rádio, é o que eu digo!

Mas não desisto e não me curvo (exceto na pista de dança, onde *sempre* me curvo, porque sou um tornado absolutamente ridículo e sem ritmo).

Enfim, depois de um dia inteiro aparecendo e incomodando meus amigos sem parar falando dos jogos...

June e Quint finalmente cedem depois que entro na casa na árvore e detono eles com nosso soprador de folhas supercarregado. Quint diz para June:
— Um dia de diversão pode nos fazer bem... Devemos deixar nossos cérebros descansarem às vezes.

June, que precisa do supercérebro do Quint descansado para poder completar o rádio, também cede. E o Dirk apenas dá de ombros como sempre e diz:

— Tá bom.

— BOMBÁSTICO! — exclamo. — Isso, isso, isso!

Em um segundo, estou descendo pela tirolesa da casa na árvore até a Pizza do Joe, onde chego e anuncio para toda a praça...

Amigos monstros!

Venho aqui propor os primeiros Jogos Poderosos e Ultra Importantes de Monstros Versus Humanos.

uOOu!!

Bardo é meio que o representante dos monstros, então eu e ele nos reunimos e decidimos quais serão as nove provas. No espírito de unidade, comunidade e coisas *trash*, escolhemos uma mistura de jogos humanos e jogos de monstros...

Jogos Poderosos e Ultra Importantes de Monstros Versus Humanos

- Kickball
- Queimada
- Luta de cauda
- Arremesso de humanos
- *Street Fighter* (videogame)
- Corrida de Helidrone
- DetonaCarros
- Cabo de guerra
- Projétil ao alvo vomitando

O Blakon, que é tipo um monstro-carpinteiro, até criou um troféu para o vencedor. E é *incrível:*

O Ridiculamente Radical Troféu do Triunfo

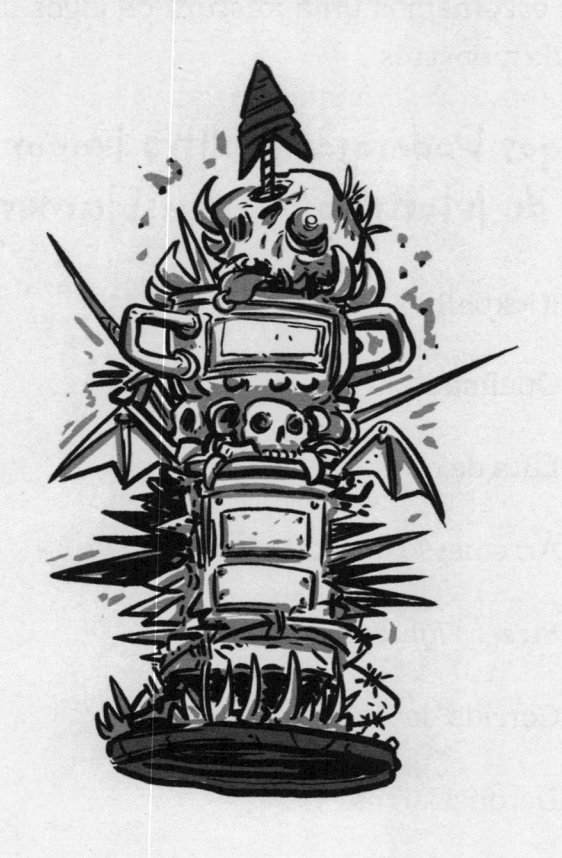

Naquela noite, todos estamos na Praça Central, reunidos em torno do troféu.
— Esse troféu é irado — June afirma. — Tenho que admitir que eu era meio contra os jogos, mas agora, de verdade, quero muito vencer!

— Então vamos descansar — respondo. — Os jogos começam amanhã de manhã. E se queremos ganhar aquele troféu, teremos que DETONAR.

Mas nós não detonamos nada.

Ao contrário, *estamos sendo* detonados. Estamos sendo esmagados, pisados e mutilados por esses monstros.

Os jogos começaram às 8h em ponto, e foram más notícias desde o início. Cada evento começa comigo anunciando (gritando, na verdade) o nome do jogo. O dia começa no estacionamento de carros usados, comigo gritando:

— 1ª PROVA DO TORNEIO: CABO DE GUERRA!

E o cabo de guerra não vai bem...

Isto nem é justo.

Agora, já passamos por cinco provas, os monstros ganharam TRÊS e nós ganhamos DUAS. Mas mesmo quando perdemos, é uma diversão só. Jogar jogos antigos básicos de rua é bem melhor depois do fim do mundo, pois podemos jogar onde quisermos!

Na loja de antiguidades, nos divertimos jogando a queimada mais cara da história...

No mercado, eu grito:

— PRÓXIMO JOGO DO TORNEIO: KICKBALL!

E em seguida estamos chutando a bola, correndo e deslizando pelos corredores escorregadios da loja.

Desta vez demos sorte, pois o monstro Grehrall acabou furando a bola com um dos chifres retorcidos de sua cabeça, e o Quint, que é o cara mais fiel às regras, denunciou o infrator...

Desqualificado!

Desqualificado!

Furar a bola é eliminação automática do jogo!

Ó, céus. Que embaraçoso!

Mas nós vamos ainda *pior* nos jogos escolhidos pelos monstros.

Skaelka grita:

— PRÓXIMO JOGO DO TORNEIO: ARREMESSO DE HUMANOS.

Imediatamente começo a me amaldiçoar por ter concordado com esse jogo...

Mas há uma categoria de jogos em que detonamos totalmente os monstros: jogos que exigem sermos "hábeis", como Quint descreve. Basicamente, qualquer jogo em que você precise de dedos ágeis. Por exemplo: videogames. Jogamos *Street Fighter* no placar gigante no campo de futebol da escola, e eu destruo Skaelka com um combo de *Hurricane Kick* e *Shoryuken*.

Após oito jogos, a pontuação está empatada: MONSTROS: 4 e HUMANOS: 4. Só resta um evento: o torneio de voo de Helidrone.

Quint está em êxtase.

— Nossos dedos ágeis nos permitirão derrotá-los!

Todos nos reunimos no telhado da Sorveteria Rainha Láctea. Infelizmente para a Equipe Humana, a monstra Blycas é naturalmente talentosa para voar com um helicóptero de controle remoto.

— Ela acabou de fazer um loop duplo? — pergunto enquanto assisto Blycas voando com o drone.

— Inacreditável... — June resmunga.

— Acho que tenho uma queda por ela — Dirk sussurra.

Depois de trazer o Helidrone para um pouso perfeito, Blycas entrega o controle para Quint. Antes dele começar, June o segura pelo colarinho e fala:

— Quint, eu *odeio* perder. Não estrague tudo!

De repente Quint parece nervoso.

— É só um jogo, June — ele responde. — No grande esquema das coisas, não é realmente importan...

June puxa Quint tão perto que eles praticamente estão encostando os cílios um no outro num beijo de borboleta. Ela rosna como se fosse o Harrison Ford grisalho e velho.

— Eu quero esse *troféu*.

Ah não. Isso não vai prestar. Quint *não* é um câmbio automático.

Quint é um câmbio manual que trava!

Na escola, as crianças até o chamavam de *Quint, o travado*! E não porque ele era, tipo, meio devagar ou algo assim, mas porque quando a pressão estava alta, o garoto se dobrava como uma cadeira de praia!

E o concurso de voo de Helidrone não é diferente.

Cerca de trinta segundos depois de decolar, o Helidrone está de cabeça para baixo, girando e espiralando no ar, pulando uma fileira de casas e depois despencando em direção ao chão.

— MEU HELIDRONE! — eu grito.

Desço rapidamente pela lateral da Rainha Láctea, chego à rua e corro em busca do meu helicóptero acidentado...

Capítulo Seis

Estou muito chateado comigo mesmo. Eu nunca deveria ter deixado o Helidrone ser usado nos jogos. Rover adorava perseguir o brinquedo, e eu odeio pensar que agora ele pode estar quebrado em algum lugar por aí.

Desço uma colina, passo por um velho galpão amassado e é quando vejo o Helidrone. E então percebo que ele pode estar perdido para sempre...

De onde estou, vejo que ele caiu dentro do Grande Desmanche do Big Al, que é um imenso ferro-velho com muros de seis metros cobertos de arame farpado. Centenas de zumbis cercam o local. Gemidos de mortos-vivos e o cheiro carregado da pele em decomposição flutuam pelo ar em minha direção.

Não vou ter como recuperar meu Helidrone... não agora, pelo menos...

Levanto a cabeça para o céu e recito um pequeno memorial para o meu amigo voador.

— Você pode ter partido, Helidrone, mas não será esquecido. Você era um dispositivo de primeira classe. Um dispositivo digno de um prêmio. Sentiremos sua falta, mas, com alguma sorte, não será por muito tempo. Vou *tentar* recuperá-lo, Helidrone.

Eu cuspo no chão e depois uso meu tênis para esfregar a saliva na terra... porque isso parece um tipo de coisa legal e teatral a se fazer depois de um discurso memorial totalmente matador.

Eu pego o caminho mais longo para casa. E ele me leva através do velho e assustador playground ao lado das ruínas da pré-escola da cidade. É um lugar super degradado e perturbador. Basicamente, já parecia um playground pós-apocalíptico *antes* que o mundo fosse pós-apocalíptico. Balanços enferrujados sacodem suavemente com o vento, e gangorras lascadas se projetam do chão como esqueletos pré-históricos.

E então tudo fica muito mais assustador...

Ah, droga...

O cheiro da besta me atinge como uma bola de basquete no rosto. Sabe aquela bolada no rosto embaraçosa que você recebe na aula de educação física quando não está prestando atenção, e simplesmente fica machucado e tenta encolher os ombros como se não fosse nada demais, mas secretamente você fica tipo, *ai-caramba-meu-nariz-a-dor-está-doendo-de-uma-maneira-horrível*. Foi tipo isso.

E o pior de tudo: eu conheço esse cheiro.

O Blarg, aquela fera terrível, fedia assim. O monstruoso demônio Thrull fedia igual.

É o odor do *mal*.

E o Rei Monstro Alado exala esse mau cheiro, que parece exalar dele. Não senti o cheiro no quartel dos bombeiros, provavelmente porque minhas narinas estavam cheias de sangue.

A cabeça do monstro balança, abaixando, e seus olhos se estreitam quando ele se concentra em mim.

Não pretendo fazer isso, não *quero* fazer, mas olho nos olhos dele. Bolhas de refrigerante no meu cérebro novamente. O Rei Monstro Alado está, tipo, olhando dentro da minha cabeça.

Não consigo me mexer

Estou trancado. Dentro do meu cérebro.

Sinto algo como um tornado de energia terrível passando *por mim*. Através de mim. Eu ouço um BUUM muito distante, e então tudo é *alterado*...

Estou em uma espécie de *sonho*. Mas isso parece mais real do que qualquer sonho que eu já sonhei. É como me observar, como se eu estivesse do lado de fora, olhando para mim mesmo.

E de repente, não estou mais no parquinho. Estou na Praça Central de Wakefield, e tudo é diferente. O mundo não voltou ao normal; não, mas é melhor que antes. O céu está mais azul que o azul, e o sol está quente na minha pele. Plantas grandes e bonitas crescem ao redor

Eu me sinto *vivo*. Meu corpo inteiro está zumbindo e quente. Me sinto seguro. Me sinto intocável.

Invencível.

Eu vou para a casa na árvore. Olhando para cima, vejo que a árvore é mais alta, mais grossa e a casa agora é um tipo tremendamente enorme de árvore-castelo. Salas e mais salas no topo de outras salas, conectadas, uma fortaleza adequada para um rei.

Mas quem é o rei?

Pego a escada e subo.

Meus amigos estão lá dentro.

Esperando por mim.

June, Dirk, Quint e Rover.

Rover pula em cima de mim, mas ele não me derruba, é como se eu fosse forte o suficiente para segurá-lo. Como se fôssemos iguais.

Meus amigos têm sorrisos enormes e largos em seus rostos, e seus olhos brilham de felicidade.

E no centro, entre eles, há um assento enorme. Um assento como... *um trono*.

Não sei como eu sei, mas esse trono é para mim.

Então eu me sento.

Eu sou, tipo, um rei?

Me sento pelo que parece uma hora inteira, apenas curtindo a sensação de segurança, dos meus amigos por perto.

E então eu me levanto. Nessa estranha visão de sonho, saio para o deque e vejo Wakefield, minha cidade, se estendendo à minha frente. Não há zumbis.

Meus amigos, nós quatro na verdade, estamos seguros. E há uma sensação nas minhas entranhas me dizendo que essa segurança nunca vai desaparecer.

Os zumbis não são uma ameaça.

Monstros gigantes e maus não são um risco.

Sou rei e gover... algo bom, algo seguro, algo vital. Algo que nunca será tirado de mim. Algo que...

— Jack. JACK! JACK!

É o Dirk.

Mas eu olho para Dirk nesse sonho estranho, e ele não está falando. Ele está de pé ao lado do meu trono, sorrindo.

Então eu ouço novamente.

— JACK! JACK!

E eu percebo que Dirk não está gritando comigo neste espaço de sonho estranho. Ele está me chamando de verdade.

Do lado de fora.

E de repente...

— *JACK!*

Minha mente volta ao presente gritando. Eu ainda estou no playground assustador. Não me movi um centímetro.

O Rei Monstro Alado sorri, mostrando presas cruéis. E então ele está indo embora, desaparecendo entre as ruínas das casas.

Eu ouço meu nome sendo chamado novamente. Me virando, vejo meus amigos caminhando pela grama crescida demais.

> Jack! Aí está você.

Dirk me lança um olhar desconfiado.

— Cara. Você está bem? Nós estamos te procurando há um tempão. Não sabíamos onde você tinha ido.

— Eu fui apenas procurar o Helidrone — consigo responder.

Ainda sinto o leve odor do mal no ar, mas ninguém mais parece notar. O Rei Monstro Alado desapareceu antes deles chegarem. Não mencionei o monstro e nem o estranho sonho-visão.

— E você achou? — June pergunta.

— Hum. Ah, sim — digo depois de um longo momento. — Sim. Ele caiu no Grande Desmanche do Big Al. Vai ser uma verdadeira dor de cabeça recuperá-lo...

— O Grande Desmanche do Big Al! — Quint exclama. — CLARO! Em vez de tentar construir a antena do rádio a partir do zero, podemos simplesmente encontrar uma lá. Tenho certeza de que o ferro-velho terá o que precisamos: *uma antena de aumento de sinal de longo alcance.*

O rosto de June se acende.

— Você acha?

— Certamente! — Quint responde.

Um dos monstros grita:

— Você perdeu o dispositivo voador?! Isso significa que... NÓS GANHAMOS! Nós vencemos!

Os monstros rugem em comemoração.

Eu olho para June, preocupada que ela fique chateada com a derrota, mas ela está radiante.

— Podemos ter perdido o troféu, mas estamos mais perto de completar o rádio — ela diz alegremente. — E é isso que importa.

–Festa dos Monstros!–

Naquela noite, nós festejamos *pesado*.

Primeiro, há uma cerimônia em que os monstros recebem o Ridiculamente Radical Troféu do Triunfo. Há uma grande estátua de um velho fundador da cidade no centro da praça, e o Ridiculamente Radical Troféu do Triunfo é colocado em seus braços.

Os monstros posam para uma foto, e June e Dirk correm para aparecer assim que eu vou tirar a foto...

Depois, há um grande churrasco com Doritos grelhados, balas de goma azedas, frutas frescas do pomar de Dirk e hambúrgueres de apresuntado assados. Nós até fazemos um desafio de dança com karaokê. June detona, obviamente.

Os monstros estão felizes porque venceram, e meus amigos estão felizes porque estão mais perto de ter um rádio scanner em pleno funcionamento. Todo mundo está tendo uma noite incrível.

Todo mundo menos eu.

Porque eu estou surtando, com o cérebro agitado e atomicamente nervoso. O Rei Monstro Alado é mais do que apenas um grande monstro antigo. Ele é mau.

Eu senti o cheiro dele, o mesmo fedor maligno que pingava dos vilões Blarg e Thrull, o mesmo fedor maligno exalado pelos Monstros Alados e pelas Bestas. E o Rei Monstro Alado não é apenas mau, ele é *mau e ainda tem poderes místicos esquisitos.*

Que tipo de monstro pode colocar visões na minha cabeça? Eu nunca vi ou ouvi falar de algo assim antes.

Eu deveria contar aos meus amigos.

Mas estou fazendo todo o possível para convencer meus amigos de que eles estão seguros aqui! E se eu contar que o Rei Monstro Alado está me *caçando* e me fazendo ter estranhas visões, isso só vai assustá-los e dar a eles ainda mais motivos para tentarem ir embora!

E além de tudo... a visão foi *boa*. Tive uma visão do futuro (sei que isso parece loucura, mas o mundo está louco agora!), e esse futuro era muito bom. Estávamos a salvo! Meus amigos monstros estavam seguros! Portanto, não há nada a temer.

79

Certo?

Fico observando meus amigos: eles estão felizes, aproveitando a festa e, por um momento, tudo parece fazer sentido. É *minha* obrigação manter meus amigos *aqui*, mantê-los a *salvo* e criar aquele mundo lindo, irado e sem zumbis que o Rei Monstro Alado me mostrou. Quero dizer, eu não teria tido aquela visão se não fosse para o mundo *ser* daquele jeito!

Tenho que mantê-los felizes.

Tenho que mantê-los aproveitando a vida.

Porque é o que a visão me disse para fazer...

Capítulo Sete

Estou com coceira. Ansioso. Agitado como um esquilo.

Veja bem, a primeira coisa que aprendi após o início do Apocalipse dos monstros é que a gente precisa se manter ocupado. Caso contrário, a gente enlouquece. Por isso...

Eu tomo uma decisão: vou buscar meu Helidrone de volta do Grande Desmanche do Big Al.

Eu digo isso aos meus amigos, e eles estão totalmente de acordo em irmos até o Big Al, mesmo que seja por diferentes razões...

O Grande Desmanche do Big Al vai ter a antena de amplificação de sinal de longo alcance que precisamos para completar o rádio!

O rádio é a chave para conseguirmos nos comunicar com o resto da humanidade!

E eu preciso de um novo cano reforçado pra lutar com monstros!

— Conseguir entrar no Big Al será bem difícil — Quint fala. — Devemos realizar o reconhecimento a partir de uma posição elevada para analisar todos os pontos de entrada possíveis. Um telhado perto do Big Al seria nossa melhor opção.

Eu me inclino para a frente.

— Um telhado, você disse? Me parece que é hora de um jogo de... AS RUAS SÃO DE LAVA!

— Sim! Sim! Isso! — June grita.

— Boa ideia, Jack! — Quint acrescenta.

Certo, então... As Ruas São de Lava é basicamente o melhor jogo de todos os tempos. É supersimples e você provavelmente meio que sabe como é. Quando você joga em casa, ele se chama "o chão é de lava". Você se move pela casa dando saltos e quedas difíceis, tentando não tocar o chão. É tipo, "Ei, Bill (ou qualquer que seja o nome do seu amigo, se for Bill, melhor ainda), pule da mesa de centro para o sofá, *mas não toque no chão*". O jogo sempre termina com o vaso favorito da sua mãe quebrando e todos ficando de castigo no fim de semana.

Mas veja só, *nossa* versão é pós-apocalíptica, portanto, é mais aventureira e mais perigosa, e *ninguém nunca fica de castigo!* O objetivo do jogo é: CONSEGUIR IR O MAIS LONGE POSSÍVEL PELA CIDADE EM RUÍNAS SEM TOCAR NAS RUAS.

Além de ser incrivelmente divertido, também descobrimos todos os tipos de suprimentos e coisas legais para saquear durante esse jogo. Uma vez ele nos levou a um clube de campo de pessoas chiques, onde encontramos uma máquina automática de atirar bolas de tênis. Empurramos o BallBlaster 2000 de volta até em casa porque, fala sério, uma máquina automática de atirar bolas de tênis? Isso é obviamente, divertidamente, fantástico.

Amarro meus cadarços e me preparo para sair.

— Vou pegar minhas ferramentas! — Dirk fala.

— Vou pegar minha mochila! — diz June.

— Vou preparar um lanche de piquenique! — Quint fala.

Entendeu o que eu quis dizer? Como posso deixar tudo isso acabar?

AS RUAS SÃO DE LAVA!

Movimento radical do Dirk!

June se move com estilo!

Opa! Quint tenta acompanhar!

Começamos no centro da cidade, passando de um telhado de loja para outro. Atingimos as casas, onde o caminho é o telhado para o quintal e para uma árvore. Então estamos escalando uma escada de incêndio para o topo da loja de conveniência.

Já chegamos à loja de conveniência antes, mas nunca descobrimos como ir além dela sem quebrar as regras do As Ruas São de Lava. Mas agora precisamos descobrir como fazer isso para chegar ao Burger King, que dá vista para o pátio do Big Al. (E temos que seguir as regras. Não vou estragar o jogo desrespeitando as regras por qualquer coisa.)

Dirk tira sua mochila.

— O que você tem aí, Dirk? — pergunto.

Ele sorri.

— Coisas de caubói. Como nos filmes.

Dirk tem um gosto estranho em matéria de filmes. Além disso, para ele não há problema algum em ver apenas um tipo de filme, sem parar. Primeiro, foram *apenas* os especiais de *Lucha Libre*. Depois, havia *apenas* filmes de braço de ferro, e existem apenas dois filmes com tramas centradas no braço de ferro, de modo que esse estilo cansou rapidamente.

Sua última moda são os filmes antigos de Velho Oeste. E eu gosto desses, porque meus amigos e eu somos basicamente caubóis modernos. Nós vagamos pela terra e lutamos contra inimigos selvagens e não tomamos banho com muita frequência.

Enfim, Dirk está totalmente obcecado por qualquer coisa do Velho Oeste, incluindo habilidades de caubói...

> Eu vou laçar aquele poste de luz.

> Igual ao Indiana Jones?

> Não. Igual a um caubói.

A corda faz um som de *Shuf, shuf, shuf,* enquanto Dirk gira e então joga o laço. E ele acerta na primeira tentativa!

— Eu disse a vocês — ele diz com um sorriso orgulhoso. — Sou um caubói.

Ele cospe nas mãos, esfrega as palmas uma na outra, sorri, porque sabe que isso parece bacana, e então segura a corda e pula...

— Uau! — June exclama enquanto assistimos Dirk se balançar e depois pousar habilmente no telhado do outro lado do caminho. — Isso foi de uma perfeição olímpica!

Dirk encontra uma escada velha de pintura e a usamos como uma ponte entre o nosso telhado e o dele. Em seguida, nós, que não somos caubóis, nos apressamos em atravessar a escada.

O teto do Burger King é enorme e inclinado, mas um monte de fios de TV a cabo e telefone passa pela lateral, então os usamos para subir. E no topo, finalmente, temos uma vista panorâmica do Grande Desmanche do Big Al.

Arame Farpado

GRANDE DESMAN DO Big Al

Zumbis pra todo lado.

Entrada principal reforçada.

Cheiros ruins.
Uma vibe de fortaleza impenetrável.

E vemos que vai ser *muito* difícil entrar lá...

—A Máquina de Gritos—

Anteriormente, quando precisávamos entrar em um lugar cercado por zumbis, usávamos essa brilhante invenção da Quint...

A Máquina de Gritos era um combo de iPhone + Caixa de som + timer. Colocávamos um tempo no timer e, na hora marcada, da caixa saíam vários sons muito altos de gritos gravados em filmes de terror.

Infelizmente, perdemos nossa amada Máquina de Gritos algumas semanas atrás, quando um monstro horrível comeu a máquina inteira. Foi totalmente arrepiante, porque ela continuava gritando dentro do estômago da fera, e podíamos ouvi-la emitindo um som que soava como mil crianças assustadas...

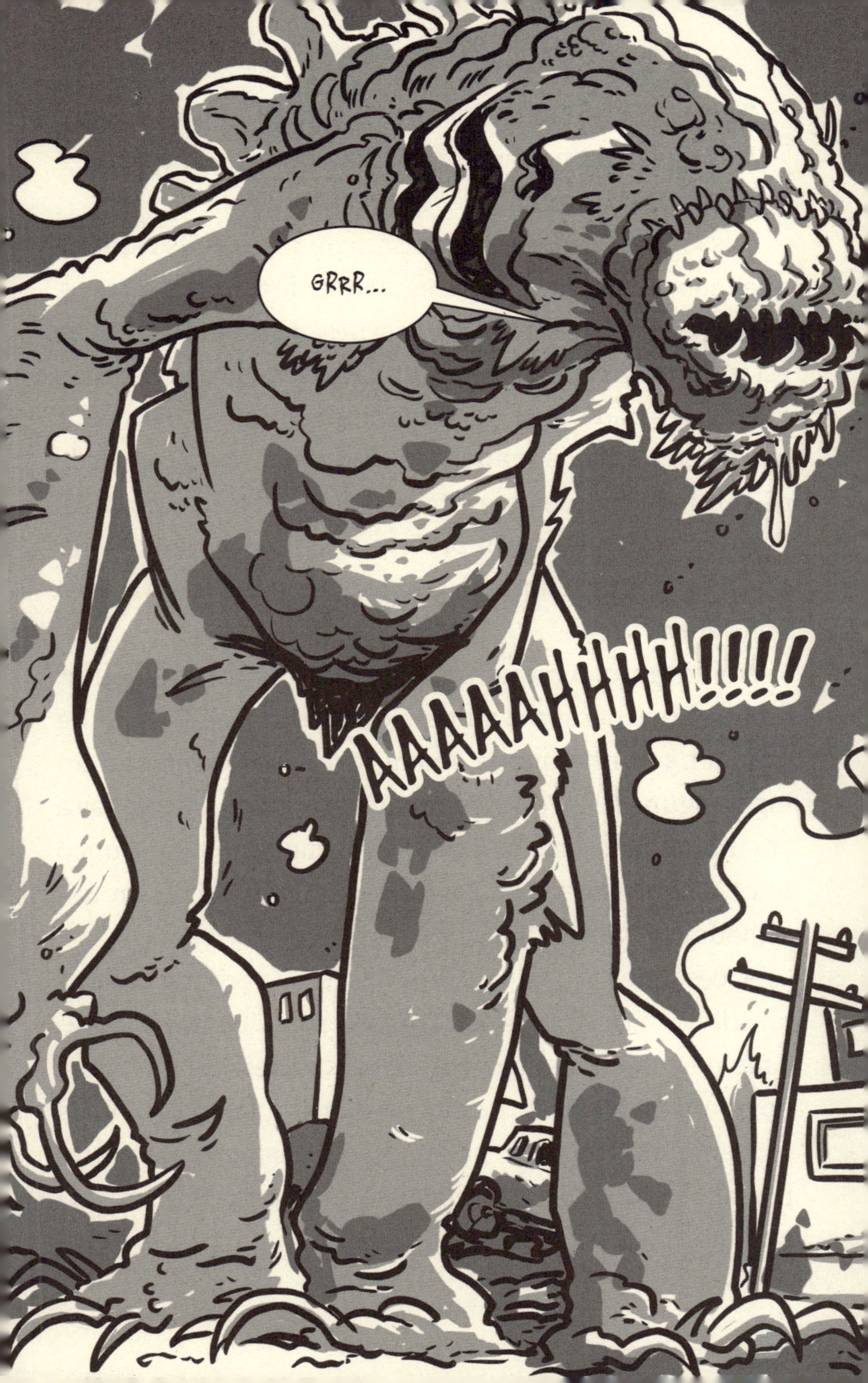
GRRR...
AAAAAHHHH!!!!

Sem a Máquina de Gritos, precisamos de um novo plano.

Nós nos sentamos no telhado para pensar, e Quint pega suas coisas de piquenique.

Posso apenas dizer uma coisa, bem rápido? Os piqueniques são a coisa *mais superestimada de todos os tempos*. Fiz um piquenique, uma vez, e foi péssimo: meu sanduíche estava encharcado, havia formigas vermelhas rastejando em lugares onde as formigas vermelhas não deviam estar rastejando, e havia manchas de grama no lado esquerdo da minha bunda, e esse é meu lado preferido da bunda! Por que motivo alguém prefere um almoço de piquenique a um almoço normal, tranquilo e coberto, eu nunca vou saber.

No entanto, o piquenique de Quint é muito melhor do que eu esperava e ainda é no telhado, então não há grama na minha bunda e nem formigas vermelhas em lugar algum. Além disso, qualquer atividade normal feita em um telhado é automaticamente melhor. Jogar *Banco Imobiliário*? Divertido. Jogar *Banco Imobiliário* em um telhado? SENSACIONAL.

A "cesta de piquenique" de Quint é, na verdade, apenas uma lancheira *vintage* dos Transformers. E não há variedade de comida dentro, é uma caixa cheia de uns, tipo, nove mil chocolates. Então, acho que a lição aqui é: os piqueniques do mundo normal são ruins; os piqueniques pós-apocalípticos-com-chocolate-e-ação-no-telhado são Nota 10.

Quint começa a apontar, em detalhes gráficos, por que cada uma dessas ideias é "perigosamente idiota". E meu amigo mostra uma imagem vívida para nós...

— Mas não temam! — Quint exclama, erguendo um dedo e parecendo o máximo possível um bobão. — Eu devo encontrar uma solução.

June lança furiosamente um punhado de pedaços de chocolate do telhado. Eles caem na rua abaixo como uma chuva forte. June, mais do que ninguém, está ansiosa para ligar o rádio e entrar em contato com outros humanos.

Eu suspeito de que Quint sente o mesmo. Mas Quint, emocionalmente falando, é meio *estranho*. Ele tem a melhor personalidade de todas, mas não processa as coisas como as outras pessoas.

Quero dizer, os pais de Quint também estão desaparecidos, como os de June. Eles estavam de férias quando o Apocalipse dos Monstros começou. Toda vez que pergunto como ele está, como está indo, sabe, tentando realmente me *conectar*, não chego a lugar algum...

> Então, amigão, queria te perguntar. Como está se sentindo?

> Sinto que está na hora de assistir aos Goonies!

Entendeu o que eu quis dizer?

Eu olho para June. Sua cabeça está abaixada e seu cabelo está caído sobre o rosto. Eu odeio ver qualquer um dos meus amigos parecendo tão chateado.

Então é hora de eu — O PROTETOR DE AMIGOS, DEFENSOR DO REINO e MESTRE, CRIADOR E MANTENEDOR DE TODAS AS COISAS RADICALMENTE DIVERTIDAS! — fazer o meu trabalho.

Eu pulo de pé.

— Certo, galera — eu falo alegremente. — Quint vai pensar um pouco e apresentar um plano para entrarmos lá e encontrar sua antena de rádio. Até lá, vamos aproveitar esse dia! Ei, June, você quer alimentar os patos selvagens à beira do lago? Você sempre adorou isso.

— Não — June responde.

— Que tal uma festa com dança? — eu pergunto.

— Não — June responde.

— Que tal jogar *Hipopótamo comilão*? — eu sugiro.

— Não — June responde.

— Concurso de comer mais bolachinhas de arroz? — eu ofereço.

— Jack, pare! — June se exalta. — Você não precisa me fazer feliz. Não é seu trabalho...

— Que tal *Acerte o Dirk?* — eu tento.

Os olhos de June brilham com essa sugestão. Dirk solta um guincho (ele faz isso quando está animado).

Momentos depois, estamos saltando de telhado em telhado e nos balançando em postes de luz, voltando de onde viemos, ansiosos para chegar em casa...

Certo... Então, você lembra que eu contei que nós pegamos um BallBlaster 2000 das quadras chiques de tênis? Bom, o que fizemos em seguida foi levá-lo até a casa na árvore e inventar um jogo chamado *Acerte o Dirk*.

Eu pego a máquina e nós começamos a atirar...

> Ali! Não. Mais alto. Você quase acertou.

> Ah, foi perto!

> Jack, June, vocês são dois bagunceiros. E eu AMO ISSO!

BUM BUM

No momento, você deve estar pensando: uau, esse é, tipo, certamente o pior, o mais cruel e malvado jogo de que já ouvi falar. Acertar o seu camarada! Mas esse é também o jogo favorito do Dirk!

Veja só, há algumas semanas, Quint e eu arrastamos o Dirk com a gente para a minha loja de quadrinhos favorita. Dirk ficou basicamente falando, "UGH, ISSO É COISA DE BOBÕES, EU ODEIO COISAS DE BOBÕES, E ODEIO ESTE LUGAR".

Mas então ele viu a réplica em tamanho real da espada do Conan, o Bárbaro, e ficou tipo: "REALMENTE A LOJA DE HQs É O MELHOR LUGAR E EU ADORO AQUI IMENSAMENTE!".

Então, Dirk passa todos esses jogos melhorando suas habilidades de luta contra monstros, se esquivando, girando e pulando para longe das bolas de tênis e, quando se sente mais confiante, ele usa sua espada do Conan para tentar cortá-las no ar.

Ele até se veste a caráter.

Basicamente, sim, Dirk, o ex-valentão furioso e folgado, faz cosplay de Conan, o Bárbaro.

É uma tarde fantasticamente divertida. Mas não é divertida o bastante para animar June completamente. Não é divertida o suficiente para impedir June de pensar em sua família. Começo a me perguntar... será que algo a fará não pensar?

Poderia haver alguma diversão grandiosa, épica, clássica e antiquada por aí que seja forte o suficiente para manter meus amigos felizes aqui?

O que seria essa diversão radical e incrível?

Será que ela existe?

Eu preciso descobrir... e logo...

Capítulo Oito

Quanto mais penso no Rei Monstro Alado e na visão dos sonhos, mais me apavoro. O que o Rei Monstro Alado estava tentando me mostrar?

O que há em *mim* que chamou a atenção dele? Por que não mostrar para June, Dirk ou Quint uma visão de sonho daquela?

Eu não entendo! O que eu fiz?! Será que sou *eu* quem quer ser o rei nessa visão do futuro? Se esse é o motivo, bem, eu não sei como me sentir sobre isso! Eu não acho que sou particularmente cavalheiresco ou real, e também não acho que queira ser nenhuma das duas coisas! Reis têm deveres! E eu nem posso dizer a palavra "deveres" porque me faz pensar em lição de casa.

Eu jogo uma partida de pingue-pongue com o Rover, esperando que isso me permita pensar claramente. No entanto, não funciona, porque acabo me envolvendo demais no jogo...

Quint e Dirk vêm até mim e Quint faz um anúncio:
— Elaborei um plano de como entrar no Grande Desmanche do Big Al para que possamos conseguir antena de aumento de sinal de longo alcance.
— E meu Helidrone! — acrescento.
— Sim, sim — Quint responde. — E o seu Helidrone. No entanto, meu plano exige um sofá. E não apenas qualquer sofá, um sofá-cama *dobrável*.
Eu sei exatamente onde conseguir um desses: Bardo dorme em um sofá dobrável. Logo...

Bardo sai da cozinha arrastando os pés. A cozinha agora é a oficina dele. Veja só, em seu velho mundo/dimensão, Bardo era um conjurador. Eu acho que isso quer dizer "mago", mas nunca o vi fazer nenhuma mágica maluca... ele abriu uma gaiola com um aceno de mão uma vez, mas isso não é exatamente o nível Dumbledore de magia.

Dirk já está agarrando o sofá quando Bardo diz:

— Espere um momento. Jack, isso é um grande machucado do lado do Rover?

Me ajoelho ao lado de Rover e passo a mão na lateral do corpo dele.

— Sim — eu respondo. — É de uma batalha com um Monstro Alado bem maior que o normal.

— O que você sugere? — pergunto.

Bardo reflete por um momento.

— Deixe-me lidar com a questão do Rover, porque sinto que você, Jack, já está cheio de pensamentos e preocupações.

Cara, ele está sempre certo: o Rei Monstro Alado, as visões de sonho, rádios, humanos, *absolutamente tudo*.

Talvez eu devesse contar a Bardo como me sinto, mas não com Dirk por perto. Então eu digo:

— Não, não, nenhuma preocupação aqui. Mas se você acha que o Rover poderia usar alguma proteção, não vou discutir com você.

Bardo diz:

— Então permitirei que vocês peguem meu sofá emprestado com uma condição: Dirk, você me ajuda com o projeto de proteção do Rover. Não gosto da ideia de nenhum monstro amigo sofrendo dores desnecessárias. Consigam um pouco de sucata para mim, por favor.

A ideia de um "projeto de proteção do Rover" parece boa. Eles vão, tipo, *turbinar* meu cachorro-monstro? Como em um videogame? Rover, NÍVEL 2. Gosto muito disso!

Então, Dirk e eu levantamos o sofá, e é aí que minha coluna parece prestes a arrebentar.

— Jack! — Dirk rosna para mim. — Levante com as pernas!

Eu resmungo, me reposiciono e...

Sério, cara?

Oi?!

Você que falou pra levantar assim!

Dirk murmura alguma coisa, e logo depois está carregando o sofá para fora, sozinho, apoiado em seu ombro.

E é aí que eu vejo.

No quadro de cortiça na parede, em meio a folhetos de babás, serviços de cortar grama e aulas de violão, algo que nunca vi antes.

É um panfleto para um lugar chamado Fun Land.

Eu arranco o *flyer* do quadro. Quando leio, um sorriso começa a se formar no meu rosto e logo estou pulando de pé em pé de emoção...

É um parque de diversões! E tem brinquedos, escorregadores, montanha-russa e cachorro-quente!

E então eu entendo, é tão óbvio!

Se eu quero dar aos meus amigos o máximo de diversão possível, um parque de diversões é o lugar certo! Quero dizer, uma vez que eu mostrar a eles como é passar um dia nessa tal de Fun Land, *sem ordens* e *sem regras*, *não há* como eles ainda estarem entusiasmados em encontrar outros humanos e deixar essa vida atrás.

Tipo, ninguém nunca foi a um parque de diversões e não se divertiu muito! Exceto, talvez, aquele garoto do filme *Quero ser grande*, mas até ele cresceu por um tempo e pulou em um piano de chão, e quem não *amaria* pular e tocar em alguns pianos de chão?!

Saio correndo da Pizza do Joe. Dirk já está colocando o sofá na frente da loja de equipamentos na qual ele montou sua oficina. June e Quint estão examinando no sofá.

— Gente, olhem isso! — eu exclamo, acenando com o panfleto. — Fun Land! Vocês já ouviram falar dessa Fun Land? Já foram lá?

Meus amigos olham para mim como se eu fosse louco por nunca ter ouvido falar do lugar, como se eu tivesse acabado de chegar e dizer: "Vocês já ouviram falar de um filme desconhecido chamado *Star Wars*?".

Encaro meus amigos com descrença e meio atordoado. Estou quase sem palavras. *Quase*. Eu exclamo:

— ESPERA, COMO ASSIM? SE É TÃO INCRÍVEL, POR QUE NÃO ESTAMOS LÁ AGORA? POR QUE NÃO FOMOS LÁ MUITAS VEZES? O QUE ESTAMOS ESPERANDO?

June balança a cabeça.

— Jack, fica meio longe, tipo a uns vinte minutos.

— Vinte minutos? — repito, jogando meus braços no ar. — Quem se importa com vinte minutos?! Vinte minutos não são nada! Quint pode fazer palavras cruzadas inteiras em vinte minutos! Dirk pode comer uma vaca inteira em vinte minutos! June provavelmente faz algo bem legal em vinte minutos, mas não consigo pensar nisso agora, porque estou muito animado com esse parque de diversões!

Quint limpa a garganta.

— Não, Jack, você não entendeu. Só há uma maneira de chegar lá: a *rodovia*.

Aahh.

Meus ombros se curvam. *Droga*.

A estrada é algo ruim. Muito ruim.

Tipo, o *pior possível*.

A rodovia é um pesadelo pós-apocalíptico de zumbis, que saiu direto de todos os filmes, programas de TV, gibis, e videogames pós-apocalípticos. Está *lotado* de carros abandonados e enferrujados, e cada centímetro de estrada está cheia de zumbis famintos. Não poderíamos dirigir nossos BuumKarts por lá e *definitivamente* não poderíamos ir com nossa caminhonete pós-apocalíptica, a Big Mama.

Eu me sinto derrotado. Impotente. Mas apenas por um momento. Me *recuso* a ser derrotado por um engarrafamento de zumbis. Eu encho o peito e anuncio:

— Então eu vou encontrar uma solução! Uma maneira diferente de chegar lá!

— Não podemos perder tempo com parques de diversões agora — June responde.

— A June está correta — diz Quint, concordando. — Devemos fazer todos os esforços para terminar o rádio.

Claro, o rádio. Esse rádio é o que levará ao fim do nosso tempo juntos. Mais uma vez, *tudo* agora é esse rádio.

Dobro o mapa e o coloco no meu bolso.

Isso ainda *não* acabou.

As primeiras respostas dos meus amigos, apenas um minuto antes, eles falaram tudo! Fun Land é demais! É a única coisa que é TÃO DIVERTIDA que poderia mudar a cabeça dos meus amigos sobre tudo! É o que nos manterá aqui! É o que garantirá que a visão se torne realidade!

Eu descarto qualquer pensamento de não ir. Vou levar a gente à Fun Land.

Para a última palavra em diversão.

Para o tipo de diversão que prova que os pais não são necessários, outros humanos não são necessários e nossa vida pós-apocalíptica é perfeita do jeito que é

Capítulo Nove

> Você precisa girar o punho.

> VOCÊ É TONTO, GAROTO?

> Acho que não sou bom em laçar zumbis...

    Um pouco depois da Praça Central, no velho pântano, há um trio de zumbis. Eles estão presos na lama e não podem se mover. Então, eu, Skaelka e Dirk estamos aproveitando isso para praticar com o laço.

E eu sou péssimo usando um laço.

Nesse momento, escuto June chamando Dirk e eu para voltarmos para a casa na árvore. Encontramos ela e o Quint encostados na Big Mama, nosso carro pós-apocalíptico.

Normalmente a Big Mama é um carro clássico de batalha contra monstros, cheio de engenhocas e armas. Assim:

Muitas armas e engenhocas.

Mas não é mais assim...

A Big Mama *mudou*. Os lançadores de foguetes, a torre de flechas, as armas de monstros, *tudo* o que preenchia a carroceria da picape foi removido.

E as coisas foram substituídas pelo sofá.

— Hum. O que estou vendo aqui? — eu pergunto.

June encolhe os ombros.

— O Quint que construiu isso.

Dirk me dá uma cotovelada de leve.

— Eu ajudei ele ontem, mas quase nada.

— Jack, onde estão os sacos de dormir que eu pedi para você conseguir? — Quint me pergunta.

Na semana passada, Quint me deu a missão de conseguir uns sacos de dormir grossos pesados, daqueles que as pessoas usam quando vão escalar montanhas.

Foi tudo bem, até que me encontrei com os funcionários zumbificados lá da Loja de Esportes...

Nenhum saco de dormir vale isso!

Enfim, jogo os sacos de dormir na Big Mama e todos entramos no carro. Minutos depois, estamos chegando ao Grande Desmanche do Big Al. Os zumbis estão por toda parte: cercando as paredes, lotando o portão.

Dirk estaciona perto da cerca. Os zumbis parecem um enxame, gemendo, batendo nas janelas e fazendo o que os zumbis fazem.

June se inclina para a frente em seu assento.

— Quint, como você planeja nos levar para dentro?

Quint simplesmente diz:

— Para o teto da Big Mama!

Dirk puxa o teto solar e todos nós subimos. Olhando para os rostos podres de zumbis que cercam a picape, eu engulo em seco. A saliva dos mortos-vivos escorre e sua pele fede. Se cairmos para um dos lados, vamos virar comida de zumbi.

— Quint, há alguma chance de seja lá o que estivermos fazendo, nós possamos, hã, fazer mais rápido? — pergunto, com uma mão retorcida de zumbi tateando na minha calça jeans.

— Se movam mais rápido! — Quint responde pulando na carroceria do caminhão. Ele dá uma última olhada no sofá, depois se vira e anuncia: — Amigos, conheçam o... *Sofá-catapulta*.

Hum.

Estamos olhando para o sofá dobrável de Bardo. Não sei como verbalizar minha confusão.

Mas, felizmente, June sabe *exatamente* o que dizer:

— UM SOFÁ?! Esta é a sua solução? É assim que vamos entrar? Minha ideia de usar um balão de ar quente era melhor!

— Minha ideia do túnel era melhor! — Dirk afirma.

— E a minha ideia do bastão pula-pula *não* era melhor — eu admito dando de ombros. — Mas mesmo assim, um sofá-catapulta?

— Confiem em mim — Quint fala, e ele tenta dizer isso de uma maneira reconfortante e tranquilizadora, mas é difícil para qualquer coisa ser reconfortante ou segura quando há dedos mortos-vivos cutucando nossos tênis. Eu acho que um deles até está tentando amarrar meus cadarços.

De repente, uma mão de zumbi agarra a canela de Dirk e o grandalhão grita:

— Qualquer coisa é melhor que os zumbis!

Então todos seguimos o Dirk, deslizando para dentro dos sacos de dormir, sentando no sofá e nos apertando lá.

Momentos depois...

Ei, June, pena que este é um sofá normal e não aqueles para namorados.

Não é?

Foco na missão, Jack.

Foco na missão.

— Em um momento, seremos lançados *por cima* do muro. Quando vocês atingirem o chão tentem rolar — Quint explica.

— Rolar? — eu pergunto.

— Correto — Quint responde. — Para absorver o impacto.

— E como eu rolo? Estou em um saco de dormir. Meus braços estão ao lado do corpo.

— Se encolha.

— *Me encolher?* — June pergunta. — Como eu me *encolho*?

— Apenas dobre o corpo — Quint responde.

— Me encolho ou me dobro? — eu pergunto. — Estou confuso com as explicações.

— Se dobre — diz Quint. — Mas não muito apertado, porque senão o impacto pode, bem, matá-lo.

— Como é que é?! — June grita.

— Espere um minuto — eu falo. — Quint, a que distância isso vai, hã, *nos catapultar*? Se é que essa expressão existe...

Quint encolhe os ombros.

— Na verdade, eu não testei...

— Você não testou?! — exclamo. — Você é o Sr. Ciência! Testar não é uma grande parte da ciência?

— A June estava me pressionando bastante para encontrar uma maneira de conseguir a antena do rádio! — Quint grita. — E a June é uma garota.

— O que eu ser uma *garota* tem a ver com isso? — June ruge.

— Eu não consigo lidar bem ao ser pressionado por garotas! — Quint responde.

— June! — eu grito. — Por que você tinha que pressionar ele?

— Eu não pressionei ele! — June grita de volta. — Eu só quero poder falar com os meus pais!

Balanço a cabeça negativamente.

— Ninguém vai falar com ninguém se essa coisa-catapulta não...

— *Sofá*-catapulta — Quint me corrige.

— TANTO FAZ! — eu rosno. — Ninguém vai falar com *ninguém* se esse sofá-catapulta nos lançar na lateral de um prédio ou em uma horda de zumbis.

Então Dirk finalmente diz:

— Vocês falam demais. — Em seguida, ele estica a mão para baixo, puxa a alavanca do sofá e...

FLING!

Nós somos lançados. Arremessados para cima e impulsionados para a frente. Voamos sobre os zumbis, sobre o arame farpado, até o Grande Desmanche do Big Al e então...

SMACK!

Batemos, com o corpo inteiro, na lateral de uma minivan velha e enferrujada, depois ricocheteamos e caímos no chão de terra.

— Quer saber?

— Acho que se dobrar ajudou.

— Fale "dobrar" mais uma vez. Se atreva!

— Nós morremos? Isto é o pós-vida?

— Se é a pós-vida, então tem cheiro de lixo quente.

Depois de algumas rolagens desajeitadas, eu consigo sair do saco de dormir. Me levanto, dou uma boa olhada no ferro-velho e rapidamente exclamo:

— Ei. Os ferros-velhos são incríveis!

A maior parte do lugar está cheia de carros quebrados, com tetos estourados e janelas sujas. A terra sob nossos pés é dura e poeirenta. Pilhas de pneus se elevam sobre grande parte do espaço, junto com máquinas velhas e enferrujadas. Há um escritório-trailer nos fundos.

No canto do estacionamento, há um enorme arranha-céu de um monte de sucata. E no alto daquela montanha de lixo, brilhando como uma cereja no topo de um sundae, está o meu Helidrone!

— O último no topo da pilha de sucata é um ovo podre... hã, bom, é só *podre*! — eu grito, e então todos nós estamos subindo pela lateral da pilha de lixo e tentando vencer o lixo; é um monte Everest feito de geladeiras, pneus e portas de carros antigos.

Me levando até o topo, pego o Helidrone.

Parece um jogo Zelda ou algo assim, e eu sou o Link e acabei de encontrar um bumerangue encantado. Eu praticamente posso ouvir o efeito sonoro do achado na minha cabeça...

Mas nem Quint, nem June, estão prestando atenção ao meu entusiasmo com a recuperação, porque Quint está segurando um esboço de uma antena de aumento de sinal de longo alcance.

— Se conseguirmos encontrar isso — ele fala —, o rádio estará funcionando plenamente.

June está tremendo de expectativa quando ela e Quint começam a procurar no ferro-velho. Enquanto isso, Dirk pega sucatas de metal para cumprir sua promessa a Bardo, de ajudar a criar o *Rover Nível 2*.

Então eu fico sozinho.

Sozinho, mas com um ferro-velho inteiro cheio de carros antigos, eletrodomésticos enferrujados e eletrônicos antigos para fazer *o que eu quiser*. Então eu digo:

— Quanta diversão eu posso conseguir com o lixo aleatório do ferro-velho?

A resposta é *muita* diversão.

E no momento em que meus amigos veem que estou me divertindo, ficam com ciúmes e deixam a caçada de antenas para lá, como eu esperava que fariam, e aumentamos a diversão até o nível onze.

June encontra uma nova lança de mastro da bandeira, o vilão Thrull quebrou a última, e isso leva a uma disputa justa estilo videogame.

En garde!

O que isso quer dizer exatamente? Sempre quis saber...

Significa TOMA ESSA!

O mais inigualável e incrível de todos os jogos de ferro-velho é o Surf na Montanha De Metais Destruídos. Dirk usa seu bíceps musculoso para arrancar quatro portas de carros antigos, e nós deslizamos como se fossem pranchas de surf.

Quem poderia saber que seria tão divertido em um lixão?

Todo mundo, Jack! **Todo mundo**, sabe!

Encontro uma grande pilha de, tipo, revistas juvenis *muito antigas*, e eu e a June passamos horas lendo aquelas páginas, fazendo os testes antigos...

Mas esses bons momentos são interrompidos quando Quint grita de um velho Volkswagen:

— ENCONTREI!

Ele corre carregando uma pequena caixa com uma antena grande acoplada.

June muda de marcha tão rapidamente que fico surpresa por ela não engasgar.

— É mesmo? — ela pergunta, dando dois passos hesitantes em direção a Quint. — Essa é a antena de aumento de sinal de longo alcance?

Quint concorda com a cabeça e diz:

— É.

June respira fundo. Então pisca duas vezes. Por fim, ela estica a mão e pega.

— Eu vou segurar — ela fala. — Por segurança.

Então acabou.

Encontramos o que viemos buscar.

Nosso dia no Grande Desmanche do Big Al terminou. E eu realmente não quero que acabe. Tudo neste momento parece *perfeito*.

Então eu faço uma proposta...

— Pessoal — eu começo. — Não estou com disposição para fazer o salto até a Big Mama. Então eu estava pensando...

> Noite do pijama no ferro-velho?

> Proposta de primeira!

> Demais.

> Não tenho compromisso mesmo.

ISSO! Proposta aprovada por unanimidade!

Uma noite do pijama de primeira no ferro-velho requer uma culinária de primeira, então procuro no escritório-trailer do Big Al por algo mastigável para servir de jantar e que não esteja podre. Dirk acende uma pequena fogueira e logo estamos cozinhando uns sanduíches de biscoito feitos com pacotes velhos de tortinhas, pó para chocolate quente e chantili.

O sol já se pôs faz tempo quando vamos nos deitar.

Um problema: o gemido dos zumbis não é uma ótima trilha sonora para dormir; além disso, tenho essa imagem horrível na cabeça, dos zumbis empurrando a cerca e nos devorando enquanto dormimos.

Então escalamos a montanha de sucata, fora do alcance dos zumbis, e nos acomodamos em lugares aconchegantes para dormir.

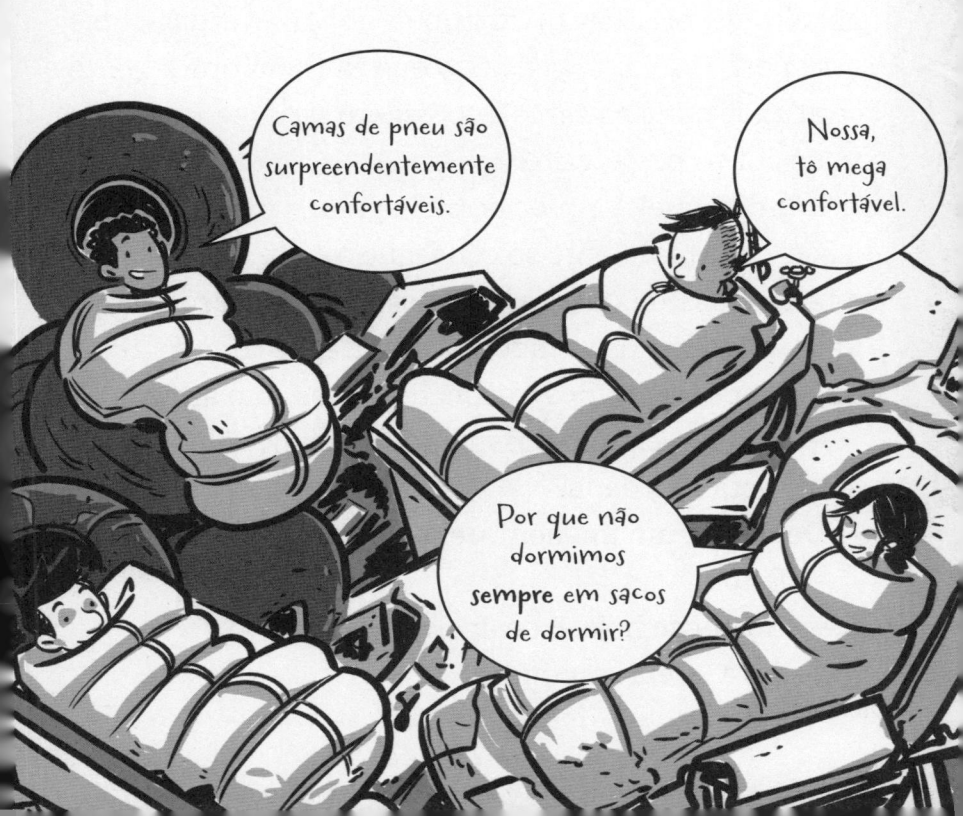

Camas de pneu são surpreendentemente confortáveis.

Nossa, tô mega confortável.

Por que não dormimos sempre em sacos de dormir?

Conversamos por horas entre papo furado e discussões absurdas. E o tempo todo, ninguém fala sobre o rádio. Ninguém fala sobre o fato de Quint finalmente ter o que precisa para concluir. Essa maldita frase "antena de reforço de sinal de longo alcance" não é pronunciada nem uma vez.

A dura verdade para mim? Em apenas alguns dias, meus amigos poderão entrar em contato com outros humanos. Mas ninguém traz isso à tona. E o que me deixa mais feliz.

Dirk começa a roncar primeiro. E então Quint.

Puxo o saco de dormir um pouco mais apertado ao meu redor. As noites estão ficando mais frias e o ar está gelado. Deveria estar frio *demais*, mas na verdade hoje está perfeito: é o tipo de frio que faz com que a gente se afunde mais na cama e considere seriamente nunca mais pôr os pés para fora.

É um daqueles sonos aconchegantes e pesados que a gente normalmente só consegue ter em dias de neve e falsos dias de doença. Mas isso é uma coisa boa da vida após o fim do mundo: você consegue compartilhar momentos tranquilos e aconchegantes com amigos.

— June? — chamo, sussurrando o nome dela. — Você ainda está acordada?

Depois de um momento, ela diz baixinho:

— Estou.

— Gostei de hoje. E de agora.

— Ãrrã — ela responde.

— Tenho a impressão de que... tipo, hoje pode... — Eu paro, sem saber se quero terminar, mas limpo minha garganta e continuo: — Sinto que esse pode ter sido o melhor dia da minha vida.

Ficamos em silêncio por um momento, e depois June pergunta:

— Sério?

— Acho que sim. Andando por aí em uma picape pós-apocalíptica, usando geringonças bestas, jogando jogos de ferro-velho, explorando, e fazendo tudo isso com meus melhores amigos. E depois conversando a noite toda, e até ficar perto da fogueira comendo sanduíche de biscoito! Eu sei que é super ridículo, mas eu *amei* tudo isso.

— Não é ridículo.

— Qual é o seu dia favorito? — pergunto. — Você sabe. Desde que tudo...

— Sinceramente?

— Sinceramente.

June leva um tempo antes de responder.

— Foi quando ouvimos as vozes no rádio, quando percebi que ainda havia esperança.

Ela se vira, esticando o pescoço para olhar para mim. Eu mal consigo distinguir o rosto dela sob o luar amarelado.

— Mas hoje foi muito divertido também! E o dia em que você apareceu na escola.

— Rá. Para "resgatar" você?

— Isso. Para me "resgatar".

Eu penso naquele dia, meses antes, e rio da minha tentativa destrambelhada de resgate, e o que aquilo me ensinou a respeito de donzelas em perigo...

Vim aqui te resgatar!

Vocês têm que partir. AGORA!

Eu rio. E depois ficamos em silêncio por um tempo mais longo. O único som é aquele gemido dos zumbis.

E ali, no topo de um monte de sucata gigante, cercado por zumbis, na situação mais estranha das situações estranhas, finalmente tenho coragem de dizer o que estou sentindo...

— June, quando vocês completarem o rádio, vão entrar em contato com outros seres humanos. Talvez até com seus pais. Então nosso grupo, a nossa equipe nunca mais será a mesma. Provavelmente vamos nos separar. Para sempre.

Quando digo em voz alta, isso me atinge como um trem de carga, e eu praticamente vomito. Monstros são assustadores; mas, para mim, para uma criança que passou a vida inteira querendo amigos e finalmente os conseguiu, os monstros não são tão assustadores quanto a ideia de seus amigos irem embora.

— June? — eu sussurro. — Você ouviu o que eu disse?

E então eu a ouço roncar suavemente...

Gosto do som do ronco dela.

Ponho a mão no bolso e desdobro o mapa da Fun Land. Não tento acordar June. Eu só digo baixinho:

— Eu realmente gostaria de ir à Fun Land antes de nos separarmos. E andar nessa coisa, a Montanha-Trovão. Eu nunca andei de montanha-russa. Se todos vamos nos separar, acho que seria um bom último grito de diversão.

E então eu também adormeço.

Mas não durmo por muito tempo...

Capítulo Dez

Acordo, assustado, não me sentindo muito bem.
Sinto um movimento. Como se estivesse em um colchão de água. Ou acho isso, porque é claro que nunca dormi em um colchão de água, pois é coisa de pessoas legais.

— Dirk? — chamo meio grogue e com a voz rouca. — É você que está se mexendo? Estou tentando dormir.
A única resposta de Dirk é um ronco alto e desagradável.

E então sinto o cheiro de meias de academia ensopadas com molho apimentado.

— Dirk! — eu rosno, me sentando. — Você soltou um pum dormindo?

Estou prestes a dar uma bronca nele, ou talvez elogiá-lo pelo odor incrivelmente poderoso que emitiu, quando percebo que é um cheiro diferente. Não é como qualquer coisa que eu já senti antes.

Não é o cheiro do mal.

Mas é monstruoso...

Meu estômago revira e minha cama de carrinho de mão sacode e range. De repente, não estou me sentindo tão bem com a nossa situação. Saio do meu saco de dormir e começo a descer a montanha de sucata.

Mas então...

SNAP!

Meu pé bate em um pedaço de madeira quebrado. Puxo meu tênis de volta, mas está meio que preso, como se eu tivesse pisado em um monte de cola ou algo assim.

Finalmente, liberando meu pé, empurro o pedaço de madeira para o lado e espio pelo buraco. Algo está brilhando, e é uma cor laranja-amarelada.

Eu forço a vista para olhar mais perto e então...

ATAQUE DE TENTÁCULO!

— Aiai!

Eu começo a cambalear de volta. De repente, deslizo por uma avalanche de sucata! Eu caio em cima do Quint, já dizendo:

— Acorde, acorde, acorde.
— Hã? — Quint pergunta.
— ACORDA! — insisto, querendo gritar, mas tentando sussurrar. — Isso aqui onde estamos não é apenas uma pilha de sucata.
— O que está acontecendo? — June pergunta, toda atordoada. — Eu estava tendo o melhor sonho. Eu tinha um celular novamente e estava mandando mensagens... O paraíso dos Emojis...

Dirk já está de pé. Ele está percebendo o mesmo que eu. Ele enfia as sucatas e metal que reuniu para Bardo em seu saco de dormir.

A June pega sua nova lança de mastro de bandeira. Estou quase gritando "NÃO!", mas é tarde demais. Ela está enfiando a lança na sucata para se apoiar e ficar em pé. Ouço um *SPURT* quando a ponta afiada acerta *o que quer* que esteja embaixo de nós e então...
GRRRRAAWRRR!

> Pessoal. Isto não é só uma montanha de sucata.

> Tem algo mais. Algo que não convidamos pra nossa festa.

— Tipo uma irmã menor chata? — Quint pergunta.
Olha, eu juro que... esse moleque quando acorda... demora muito mais do que qualquer um para pôr a cabeça pra funcionar.

A sucata sacode e então tudo embaixo dos nossos pés está sacudindo, tremendo e se mexendo.

— Não, Quint, não é como uma irmã chata. É mais como...

...UM MONSTRO!

A montanha de sucata EXPLODE de dentro para fora e somos jogados no chão de terra dura. Atravessamos o estacionamento, procurando abrigo atrás de uma pilha de pneus.

— O que é essa coisa? — June pergunta ofegante.

— É algo grande — Dirk responde. — É isso que a coisa é.

Puxo o Fatiador da bainha. Ficando abaixado, me arrasto com a barriga no chão em direção a Quint. Juntos, espreitamos o monte de pneus e perdemos o ar de horror...

— É como o Kraken — Quint sussurra.

— O Kraken é um monstro aquático — eu afirmo.
— Pelo amor, quantas vezes assistimos a *Piratas do Caribe* juntos?
— Talvez seja um Kraken da superfície — Quint sugere.
— Não existem Krakens da superfície — respondo.

Esse horror coberto por tentáculos desafia as descrições: ele é monstruoso, gigantesco, terrível. O monstro se contorce, seus tentáculos jogam o lixo para o lado e vemos a largura completa, aterradora e assustadora da besta.

Quint gagueja:
— É ... é ... é ...
— Eu sei o que é — eu falo. — É como um...

O Sucatken!

Um olho, que já é demais.

Cara de "Acabei de acordar"

Carne de Besta podre e mastigada.
Tentáculos estalando.
Aura grande de ferocidade.

— O Sucatken?! — Quint exclama. — Esse é um nome terrível para um monstro! Parece a mistura de sucata e do boneco Ken!

— E você tem um nome melhor? — eu pergunto.

— Bom, não, acredito que não — Quint admite. — Não assim, de cabeça. Mas é claro que nomear um monstro de maneira correta requer pensar muito, estudar e...

— Chega desse papo de nomes de monstros! — Dirk rosna, nos puxando de volta para trás da pilha de pneus.

Eu dou de ombros.

— Claro, tudo bem, menos preocupação com nomes e mais com a maneira como daremos a esse bicho uma lição. E ao falar em dar uma lição nele, quero dizer ensiná-lo sobre minha ocupação profissional, também conhecida como minha *profissão*, que é ser o HERÓI PÓS-APOCALÍPTICO DETONADOR DE MONSTROS!

— Ou podemos simplesmente fugir — June sugere.

Aah, claro. Dã. Esse monstro não é mau, ele apenas é super protetor de sua casa, o que está certo, entendo totalmente. Se alguns estranhos começassem a dormir aleatoriamente em cima de nossa casa na árvore, eu ficaria tipo: "Toma esse soco!".

— Está bem — eu falo. — Então vamos dar a esse cara outra lição, e quando falo isso, quero dizer, fugirmos assustados daqui, o que *não é* minha ocupação profissional, mas que é algo que farei agora!

Espiando por entre os pneus, vejo o trailer-escritório do Big Al. Se conseguirmos chegar ao teto dele, poderemos pular a cerca e, desde que não sejamos comidos por zumbis, chegaremos à Big Mama.

Eu saio de baixo dos pneus.

— Me sigam!

Estamos correndo em direção ao trailer com nossos tênis pisoteando sucata, quando...

Minha rota de fuga é demolida com um golpe de tentáculo! O monstro uiva, e então estamos girando, correndo para o outro lado, nos esquivando e mergulhando. Os tentáculos batem, socam e esmurram o chão ao nosso redor.

Um tentáculo atinge uma máquina de venda automática enferrujada, quebrando-a ao meio. De repente, tenho uma ideia!

— Precisamos fazer um dos tentáculos bater na grande parede! — eu grito. — O Sucatken pode nos tirar daqui!

Quint abre a boca para discutir, mas um tentáculo quase arranca sua cabeça e ele fica quieto. Nós corremos para o muro. Do outro lado, há um exército de zumbis e nosso meio de fuga: a Big Mama.

Ficamos parados como estátuas.

O alvo mais fácil possível.

— Por aqui, Sucatken! — eu grito. — Venha nos acertar!

— Isso! — Quint grita. — Estamos aguardando a surra! Ansiosos, até!

Nós olhamos para cima quando um tentáculo grosso e molhado se levanta. Observar esse imenso bastão de carne prestes a nos esmagar faz meu coração bater enlouquecido.

— É bom que isso funcione... — Dirk fala.

— Se não funcionar — diz June —, nós vamos...

— PRO CHÃO! — eu grito, e todos pulamos bem na hora...

A parede cai e os zumbis entram instantaneamente, rastejando sobre os tijolos quebrados. Felizmente, o golpe seguinte do tentáculo bate em uma pilha de pneus, e cerca de quatrocentos e cinquenta quilos de borracha caem sobre os zumbis. Alguns são empurrados para o lado e outros são lançados girando no ar.

Através da parede quebrada, vislumbro a Big Mama.

— *Vamos, vamos, vamos!* — eu ordeno.

— Esperem! — June grita. Os olhos dela estão correndo de um lado para o outro. — A antena! Eu não estou com ela.

Eu hesito por um segundo. Poderíamos deixar a antena para lá. Deixá-la perdida. E então eu não precisaria me preocupar com eles indo embora. Pelo menos não por muito tempo.

É como um presente dos deuses monstros!

Eu devo?

Posso?

Não... Eu não posso!

— Onde está? — pergunto quase rosnando.

A voz de June falha quando ela choraminga.

— Eu não sei! Estava comigo em cima da pilha de sucata!

Nós olhamos em volta do ferro-velho, os olhos disparando e procurando como se fosse o jogo de objetos escondidos de maior risco de todos os tempos e, finalmente, June aponta:

— LÁ!

Então eu vejo. Caída no chão, em meio a outras sucatas espalhadas.

— Vocês vão indo — eu digo. — Eu pego a antena.

— O quê?! — Quint exclama. — Jack! Não!

Mas já estou correndo de volta para o ferro-velho. Um tentáculo cai atrás de mim e me afasta dos meus amigos. Outro tentáculo gira em minha direção, mas eu estendo a mão, pulo e...

THWACK!

Eu te odeio, antena, mas te peguei!

Eu me levanto, virando-me, olhando a saída no muro quebrado. Zumbis estão chegando. Um tentáculo se move em minha direção e eu mergulho dentro da proteção mais próxima: um carro muito velho que gastava muita gasolina. Metal é triturado quando o tentáculo espreme o carro. O fedor de óleo e graxa do motor é sufocante.

— Pare, Sucatken! — eu grito através do para-brisa rachado. — Me escute! Você não é mau! Fica tranquilo! Vou embora se você me deixar!

MOOOOOANNNNN!

Os zumbis sentiram meu cheiro. Eles estão cambaleando em minha direção. Droga!

Meus olhos percorrem o carro, procurando as chaves. Mas então percebo, com um *gulp* bem alto, que o carro não tem capô nem motor.

Começo freneticamente a subir a janela, mas sou muito lento. Uma mão apodrecida de zumbi desliza para mim! Outra agarra minha manga!

Jogo meu corpo para o lado, mas minha manobra evasiva falha. Os mortos-vivos brutos estão ao meu redor, se esticando e me agarrando de todas as direções!

"FORA DAQUI, SEUS PALHAÇOS SEM CÉREBRO!"

Os zumbis estão em todas as janelas, rastejando para dentro do carro, mas então...

THUMP!

Um tentáculo bate no teto. O carro treme e os zumbis são jogados para trás.

Fui salvo, mas apenas por um momento.

Um tentáculo do Sucatken viaja pelo ar, bate no teto e então envolve o carro. Está apertando a estrutura de metal como uma anaconda, apertando, espremendo e esmagando! O teto começa a se desfazer. As portas quebram!

E então o carro é levantado — *eu* sou levantado — no ar. Há uma pequena dançarina de hula no painel e ela está balançando para a frente e para trás como se fosse uma festa de dança à meia-noite.

Não há chance de que isso termine numa boa.

Puxo o cinto de segurança, mas está travado. O carro balança. A dançarina de hula no painel está sacudindo os quadris como se não houvesse amanhã, e se eu não colocar esse cinto de segurança, talvez não haja amanhã.

— Vamos lá, cinto de segurança estúpido! — eu choramingo, puxando com mais força.

O tentáculo aperta, o metal geme e eu sou içado ainda mais alto. O carro se inclina e gira. Minha cabeça encontra o apoio de braço. A garota hula está se movendo e arrebentando. Então minha cabeça bate contra o volante, e eu sei que vai virar um galo.

Estou puxando e agarrando o cinto de segurança, puxando e puxando, e finalmente ele se move, e estou enfiando a fivela no buraco de prender, com força e, no último segundo possível, ouço um CLIQUE e então...

ARREMESSO!

Então, eu estou voando pelo ar.
Isso é ruim.

Mas pelo lado positivo, ei, é uma maneira de escapar de um ferro-velho! Enquanto o carro gira, eu vislumbro rapidamente o monstro de lixo deslizando de volta para baixo do solo, com as sucatas novamente se empilhando em cima dele.

E enquanto o carro vira e despenca, a única coisa que penso é: "Cara, eu realmente espero que essa coisa tenha airbags".

BUUUUM!

O carro bate na rua, a um quarteirão do pátio do Big Al, derrapa e desliza por outro quarteirão inteiro, girando e rolando e, sim, o carro tem airbags e, sim, eles funcionam e AAH, airbags doem quando me acertam na cara como um soco, mas...

EU ESTOU VIVO!

— Hula, nós conseguimos! — eu exclamo. E então percebo que estou conversando com uma boneca inanimada no painel.

Eu rastejo dos destroços. Atordoado e tonto, consigo ficar de pé. Dores, mais dores e contusões, mas nada grave. Pego a antena de rádio.

— Pessoal? — eu chamo. — Onde vocês estão?

Não ouço o pessoal.

Mas ouço outra coisa.

Uma Besta. Ela deve ter ouvido toda a ação.

Eu nem *comecei* a me recuperar de voar pelo céu e do carro capotando e agora já tem esse colosso pedregoso vindo me *atacar*...

Mas então, ouço um guinchado agudo! A Big Mama está freando seco e parando.

— Jack, entre logo! — June grita enquanto abre a porta.

E eu faço isso.

Eu corro, mergulho para dentro, e então estamos acelerando e deixando a Besta comendo poeira.

Por um momento, ninguém diz nada.

E então...

MELHOR. LUGAR. DE. TODOS.

Capítulo Onze

Bolinhos grelhados. Cheiro bom, hein Rover?

BLERG

Méé, você come grama. Não sabe nada.

Hoje estou encarregado do café da manhã. Como o nosso grill não está funcionando, estou usando o motor de um BuumKart para fazer alguns sanduíches saudáveis: bolinhos tipo Ana Maria recheados de cereais doces.

— Jack! — Quint chama da casa na árvore. — Venha aqui! Sem demora!

Jogo a comida em um prato. Encontramos esse prato de porcelana chique na casa de uma velhinha zumbi e isso torna todas as nossas refeições do nível de classe da Rainha da Inglaterra.

— Rover, vá visitar Bardo um pouco, ok? — eu peço.

Ele sai correndo e eu equilibro o prato como um garçom experiente caminhando para a casa na árvore.

Mas assim que entro, perco o apetite...

O rádio...

... está pronto!

Ops. Droga. Porcaria.

Certo, Jack, mantenha a calma.

Sinto aquele pânico quente me invadindo de novo. Tento lembrar a mim mesmo de que isso é uma coisa boa, meus amigos estão felizes. Mas ainda assim, mal consigo respirar. É difícil respirar. Não consigo respirar. Não sei o que dizer, então eu apenas solto:

— PREPAREI O CAFÉ DA MANHÃ!

Os olhos de Dirk se iluminam. Ele arranca o prato das minhas mãos e mastiga um sanduíche Ana Maria enquanto Quint mergulha em uma apresentação rápida.

— Jack, talvez o melhor de tudo seja o fato de o rádio ser PORTÁTIL! Cabe bem dentro desta mochila. Não importa onde estivermos, nunca precisaremos correr o risco de perder uma chamada de rádio.

June dá um passo em minha direção.

— Jack, tudo isso pode acabar logo.

Ok, eu estava mantendo o controle; eu realmente estava. Mas agora meu coração está batendo, batendo e batendo ainda mais. Eu preciso sair desta casa na árvore antes que meu coração *exploda*. Preciso de uma desculpa para sair, qualquer desculpa, apenas algo...

Não.

Não.

ESPERA UM MINUTO!

O que eu realmente preciso fazer é NÃO DESISTIR. Se eu mostrar aos meus amigos A MAIOR DIVERSÃO DE TODAS, então talvez, mas *muito, muito talvez*, ainda haja uma chance de eles não quererem ir embora. Só precisa ser divertido o SUFICIENTE.

A festa do pijama no ferro-velho não foi divertida o suficiente.

Detonar o Dirk não é divertido o suficiente.

Os Jogos Monstros Versus Humanos não foram divertidos o suficiente.

O As Ruas São de Lava não é divertido o suficiente.

Mas eu ainda acredito que a coisas mais divertida de todas as coisas divertidas poderia fazê-los mudarem de ideia! É isso. Minha última chance. Então...

Temos que comemorar. Uma CELEBRAÇÃO LOUCA E INCRÍVEL. A mais divertida de todas!

Sim, sim! Nós todos merecemos muito!

O que você teria em mente, amigo?

Sem karaokê, por favor.

— Deixem os grandes planos pra mim — eu falo. Pego um sanduíche de bolinho e vou até a tirolesa.

— Acreditem em mim. Sei o que fazer, pessoal. Eu sei muito bem o que fazer.

Eu não sei o que fazer. Nem um pouco.

Quer dizer, vejam só, eu sei o que temos que fazer. Se estamos falando de CELEBRAR LOUCAMENTE COM ALGO INCRÍVEL e também da MAIOR DIVERSÃO DE TODOS OS TEMPOS, só há um jeito certo de fazer isso.

A FUN LAND!

Os meus amigos mesmo disseram isso não faz muito tempo...

Dáá! Jack, a Fun Land é demais! Muito incrível mesmo! Sério!

Fora os brinquedos que dão enjoo, é possivelmente o lugar mais legal da Terra.

Verdade. O lugar é irado.

Mas como?

A estrada está repleta de carros abandonados e zumbis e é totalmente intransitável. A Big Mama não consegue chegar lá, os BuumKarts não conseguem chegar lá, e não podemos ir andando...

ARGH! Pense Jack, pense! Você consegue descobrir a solução!

Há algo sobre a necessidade de consertar tudo neste momento que torna muito difícil pensar com clareza! Eu abaixei a cabeça e caminhei pela Praça Central, com a mente acelerada, quando...

THUMP!

Eu bato a cabeça no Grandão. Meu nariz colide diretamente com seu joelho ossudo.

> Desculpa, eu não vi você.

> E sim, percebi como isso soa absurdo.

O Grandão se curva e cheira meu sanduba de bolinho.

— Vá em frente, amigo, é todo seu — eu digo, esticando o bolinho para ele. A pata enorme do Grandão pega o sanduíche e então ele se senta na calçada. É uma sentada que faz a terra tremer. Me sento ao lado dele e o vejo apreciar meus dotes culinários.

Só então, meus olhos são atraídos para alguma coisa. As solas dos pés do Grandão... elas são feitas de osso ou algo parecido.

— Grandão, você tem cócegas? — pergunto.

A única resposta dele é um grunhido. Espero que o grunhido signifique não, porque me inclino para a frente e bato três vezes na sola do pé esquerdo. É duro. Muito duro.

Uma ideia está começando a se formar...

Me lembro dos Jogos Poderosos e Ultra Importantes de Monstros Versus Humanos, e como o Grandão dominou completamente o Cabo de Guerra com sua força absurda. E então lembro de vê-lo levantando, tipo, uns seis monstros em seus ombros enquanto eles comemoravam sua grande vitória.

— Grandão, você poderia me ajudar *bastante*. Quer dar uma volta? Tipo uma caminhada bem, bem longa?

— Grr-unt?

— Sim, Grr-unt é a resposta certa. Vamos, me siga.

Puxo meu walkie do bolso.

— Jack para casa na árvore. Dirk, me faça um favor e me encontre na loja de ferragens em, digamos, quatro minutos. Câmbio e desligo, Roger, na escuta, 10-4 e tudo o mais.

Quatro minutos depois, estou do lado de fora da loja de ferragens, dizendo ao Dirk:

— Vamos construir uma coisa. É algo grande. E é pra esse cara.

O Grandão está de pé ao meu lado.

Enquanto Dirk olha o enorme monstro de cima a baixo, encontro uma caneta e desenho rapidamente na parte de trás do mapa do parque Fun Land. Quando termino, Dirk examina meu desenho.

— Sério? — ele pergunta.

Eu faço que sim com a cabeça.

Então ele olha para o Grandão. Mais uma vez, ele diz:

— *Sério* mesmo?

O Grandão dá de ombros.

— Tudo bem então — Dirk fala.

E com isso, o projeto está em andamento...

> Você sabe que você é louco, né?

> Mas sou um louco bom. Doido com sobriedade!

Tento ajudar Dirk, mas sou praticamente 100% inútil. Primeiro, acerto meu polegar com um martelo. Então, eu perco o controle do martelo, ele voa da minha mão e quase bate na cabeça do Dirk. Quando se trata de construir coisas, sou um vexame irremediavelmente incompetente e incapaz. Estou fazendo mais mal do que bem, então desço até um caminhão próximo que o Grandão está usando como cadeira.

— Jack — Dirk chama —, você quer fazer algo útil?

— Esta é uma pergunta retórica? Porque eu estou bem confortável aqui. O sol está brilhando, estou desfrutando de uma bebida gelada, sentindo...

Dirk me lança um olhar furioso, depois estala os dedos. Eu sorrio amarelo.

— Eu ficaria muito feliz em ajudar! O que posso fazer?

— Eu preciso de dois carrinhos de mercado para construir a base dessa engenhoca ridícula. Se você me trouxer isso, eu consigo terminar.

Pulo do caminhão e exclamo:

— Nesse caso, deixa comigo! Próxima parada: Supermercado Atlântico!

— Chame alguém para ir com você! — Dirk fala.

— Ah não. Vou sozinho! — respondo. — Peguei o meu Fatiador. O que poderia dar errado?

Capítulo Doze

O Supermercado Atlântico fica a cerca de 1,6 km da Praça Central, mas vale a pena a viagem até lá, pois os carrinhos de compras são enormes.

Estou seguindo uma de nossas rotas habituais do As Ruas São de Lava. Faço um progresso rápido, passando do Taco Bell para o banco e depois passando da sorveteria para o correio.

Normalmente, eu e meus amigos trabalhamos juntos para fazer essas travessias, mas agora estou resolvendo sozinho.

E isso é bom... é importante que eu aprenda a fazer as coisas sozinho, pois uma vez que o rádio comece a fazer coisas que os rádios fazem, quem sabe o que o futuro reserva? Eu posso ter que fazer *muitas* coisas sozinho.

Coisas como me balançar nos postes de luz e aterrissar de maneira impressionante como o Homem-Aranha...

Ai!

Aterrissagem nada a ver com o Homem-Aranha

159

Eu consigo chegar, de forma *dolorosa*, ao telhado do Supermercado Atlântico. Olho por cima da beirada lateral e vejo zumbis em abundância batendo nas portas. Não tem problema: vou pegar os carrinhos, sair pelos fundos e correr para casa.

Abro a porta de acesso do teto e deslizo para dentro como um gatuno pós-apocalíptico. A loja foi saqueada. Os corredores estão cheios de grãos de pipoca de micro-ondas e frutas podres, e a loja fede a leite estragado. O odor é avassalador, mas felizmente, encontro rapidamente dois carrinhos de compras. Estou empurrando eles em direção a uma saída traseira quando passo por uma prateleira imensa carregada de suco de caixinha Capri Sun.

E um Capri Sun é *exatamente* o que desejo desde o meu primeiro momento de pânico com o rádio.

E lá no topo está o meu sabor favorito: Refresco Pacífico. Eu escalo a prateleira, incapaz de resistir.

Mas quando pulo para descer, há um SNAP repentino! Eu cambaleio para trás... a enorme prateleira está caindo!

Ela cai sobre a do lado e, como dominós, todas caem, uma por uma, até que a prateleira final ARREBENTA as portas da frente.

Ah não.

Isso não é bom.

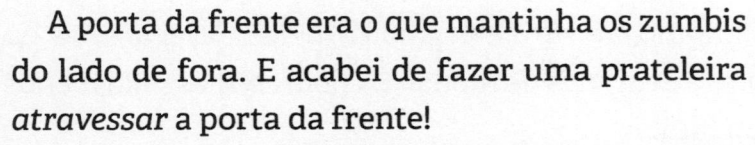

A porta da frente era o que mantinha os zumbis do lado de fora. E acabei de fazer uma prateleira *atravessar* a porta da frente!

Há um uivo tremendo quando centenas de bocas de mortos-vivos se abrem. A horda cambaleia e atravessa a porta. Rosnando, mãos levantadas, avançando em minha direção.

GRRAAHHHH!

Engulo em seco e pego o Fatiador. Serei apenas eu contra centenas de monstros podres, mas pelo menos vou lutar.

E então eu ouço o trovão. O bater das asas. O Rei Monstro Alado.

Com um *chomp* muito alto, o Rei Monstro Alado devora uma dúzia de zumbis. Uma mordida só, e já os engoliu. Ele pega outra dúzia, mastigando-os como um T-Rex, depois balançando o pescoço e arremessando-os pela porta.

Espera...

Ele está...

Ele está me *salvando*?

O fedor pesado do mal no ar faz os zumbis restantes fugirem se arrastando de medo. O Rei Monstro Alado se aperta para dentro da loja. Asas ósseas rasgam o teto enquanto o monstro caminha com passos pesados em minha direção.

Mas desta vez, o Rei Monstro Alado não fica apenas olhando para mim...

Suas garras me acertam no peito. Eu bato no chão frio e as garras apertam, se encaixando nos meus ombros. A saliva quente escorre das presas dele e espirra na minha bochecha. Os olhos do monstro são redemoinhos de escuridão, e eles me atraem. Quase consigo ouvir um hipnotizador de meia tigela dizendo: "Você está ficando com muito sono...".

Porque é isso que está acontecendo.

Todo o som desaparece.

Os olhos. Os olhos do Rei Monstro Alado estão pulando e brilhando como raios, e eu não consigo afastar o meu olhar. Eu ouço um som.

Um som *dentro* da minha cabeça: um BUUM, e de repente sou transportado.

— Olá?

Estou na Praça Central novamente.

O ar fede a maldade e coisas ruins. Sinto um gosto azedo na língua, como leite estragado.

A praça está vazia. Abandonada.

Todo mundo parece ter desaparecido. Zumbis gemem e passam por mim.

Abro a porta e entro na Pizza do Joe.

Um cheiro azedo me atinge. E então eu vejo algo terrível. Minhas pernas tremem. Meu cérebro, meus pensamentos... eles quase desligam.

Fecho os olhos com força. Eu não consigo olhar. Eu não vou olhar.

Mas a imagem ainda está lá, atrás das minhas pálpebras... Os monstros... Meus amigos... Eles foram... destruídos... Pedaços de armadura estão espalhados. Gosma verde escorre das paredes, das mesas e de tudo mais. Eu volto para fora.

Girando, vejo que os prédios foram nivelados e arrasados, quase todos eles. Ao longe, há cortinas de fumaça negra.

Da última vez, o sonho foi bom. Mas este é exatamente o oposto.

Isso é um pesadelo. Eu não entendo.

No sonho, eu grito:

— REI MONSTRO ALADO, POR QUE VOCÊ ESTÁ FAZENDO ISSO? O QUE VOCÊ QUER???

Mas não recebo resposta.

O cheiro da fumaça fica mais forte, e é quando vejo a casa na árvore.

Nosso lar.

Está pegando fogo.

Eu corro até lá. Subo a escada. O fogo lambe o meu rosto, mas eu não sinto nada.

Meus amigos. Eles estão lá dentro. Eu sei.

Chamo seus nomes, mas ninguém responde.

Ah não.
Ah não.
Ah não...
Este é o auge de todos os pesadelos. É o tipo de terror que quebra a gente. E quando abro a porta, engulo em seco. Não estou pronto para o que estou prestes a ver...

SALVO!

Skaelka me puxa com força e me liberta! Eu instantaneamente saio do pesadelo. O Rei Monstro Alado rosna, mas Skaelka levanta seu machado afiado e dá um passo à frente.

— Vá embora, demônio! — ela rosna. — Saia enquanto você ainda é capaz!

Os olhos do Rei Monstro Alado não são mais coisas místicas e rodopiantes. Mas há raiva naqueles olhos. O que quer que o monstro estivesse tentando me mostrar foi interrompido, e ele não está satisfeito.

O Rei Monstro Alado olha pela última vez para nós e sai da loja. Suas asas batem e ele voa para o céu.

— Você está vivo? — Skaelka pergunta.

— Sim, acho que estou — eu respondo. — E, ei, eu adorei o resgate, mas por que você está aqui?

— Segui você.

— Por quê?

— Pensei que talvez seu cérebro tivesse quebrado novamente. E pensei que talvez precisasse fazer a dança da decapitação em você.

— Está tudo bem com meu cérebro — digo, embora seja uma *mentira total e completa*.

Estou assustado com o pesadelo para o qual o Rei Monstro Alado me arrastou. Mas estou tentando não demonstrar. Não quero dar a Skaelka nenhuma razão para pensar que precisa fazer uma dança de decapitação.

Minhas mãos estão pingando suor. Eu as seco no meu jeans e tento fazer uma cara normal.

— Ei, Skaelka, não conte aos meus amigos o que aconteceu, ok?

Skaelka assente.

— Você se importa de empurrar um desses? — eu digo enquanto pego os carrinhos de compras. E com isso, voltamos para casa juntos.

Então, por que você gosta tanto de decapitar coisas?

É DIVERTIDO

RATTLE RATTLE

De volta à Praça Central, digo adeus a Skaelka e depois vou à loja de ferragens. Vejo que Dirk quase terminou.

— Algum problema? — ele pergunta.

— Não! — eu minto. — Foi moleza.

— Ótimo — Dirk responde. Ele pega uma serra gigante e começa a serrar os carrinhos.

Me sento e fecho os olhos, tentando pensar em tudo o que aconteceu no supermercado. O primeiro sonho-visão era estranho, mas não era *ruim*. Na verdade, eu achei que foi bem *bom*!

Mas agora me deram *duas* visões de sonho. E esse último? Não era um sonho. Era um legítimo PESADELO. Não consigo tirar aquelas imagens horríveis da minha cabeça: meus amigos, os monstros, todos sofrendo.

A primeira visão, pensei que era como uma previsão real e precisa do futuro. Mas agora eu sei que isso não é verdade. Era outra coisa. O Rei Monstro Alado está brincando dentro da minha cabeça.

Mas por quê?

Preciso obter respostas do próprio Rei Monstro Alado. Eu preciso... não, eu *farei* o que for preciso para garantir que o que vi naquele pesadelo nunca se torne realidade.

De repente, Dirk está me sacudindo.

— Tudo certo — ele diz. — O Grandão está pronto para ir.

Eu esfrego meus olhos. Minha boca está seca e minha energia está drenada. Estou tão assustado que nem sinto vontade de ir para a Fun Land agora, mas se quero manter meus amigos, não posso demorar.

Eu me arrasto até o Grandão e pergunto:

— Você está pronto para uma corrida, amigão?

— *GRRRRUNT*.

— É isso aí, cara.

E assim, minutos depois...

— June! Quint!

— Venham aqui! É hora daquela CELEBRAÇÃO LOUCA E INCRÍVEL que prometi!

June e Quint aparecem no deque da casa na árvore e seus olhos quase pulam das órbitas.

— Que coisa estranha e lunática é esta? — Quint pergunta.

Eu solto um sorriso bem pequeno.

— Este é...

— O Grandão Móvel! —

> E é assim que chegaremos à Fun Land!

> GRUNT.

Cesta de carrinho de mercado.

Alças ajustáveis de ombro.

Sorriso amável do Grandão!

172

Eu levanto a mão.

— E antes de começar a protestar, dizendo: "Ah, é muito perigoso! Ah, vai demorar muito! Ah, não tenho nada para vestir"... *Sim, Quint, estou falando com você!* Apenas ouçam, pessoal. O Grandão é muito rápido e seus pés monstruosos podem pisar sobre qualquer coisa.

— Mas o rádio... — June começa falar.

Antes que ela possa terminar, eu digo:

— E June, como você me disse, o rádio pode ser levado com você. É totalmente portátil.

June contrai os lábios e olha hesitante para Quint. Ele olha para mim e vê o que, às vezes, apenas um *melhor amigo* pode ver: o significado supremo de algo para esse amigo. Ele vê como isso é totalmente importante para mim, mesmo que não saiba o *porquê*.

Quint sorri.

— Estou dentro.

— Tudo bem então — June concorda.

Ela joga a mochila do rádio por cima do ombro, pula a grade da casa na árvore e cai no meu carrinho. Quint segue, deslizando para perto do Dirk.

E nós partimos.

Capítulo Treze

> Viram? Ele tem pés de Godzilla! Passamos por cima de tudo!

> Eu até diria que estou impressionado...

> ...mas não quero que fique convencido...

THUUM
THUUM
THUUM
THUUM

Carros, picapes e umas Harley Davidson iradas são *esmagados* pelos pés do Grandão. Os zumbis gemem frustrados de fome enquanto passamos rapidamente por eles. O Grandão está em um, hã, *modo rápido* durante toda a jornada.

— Olhem! — Quint diz, apontando enquanto dobramos uma curva.

Eu vejo o topo da roda-gigante. E então o pico da Montanha-Trovão. Eu posso imaginar que visão seria a Fun Land, toda iluminada em uma noite de verão, luzes irradiando por quilômetros e quilômetros. Um farol iluminando, querendo dizer: "Risadas e diversão para todos... BEM AQUI!".

Mas não há nada disso agora, e tudo bem.

Isso, para mim, já é perfeito.

— Não acredito que você fez tudo isso para nos trazer aqui — June fala com uma pitada de espanto na voz. — Você é um bom amigo, Jack.

Eu apenas dou de ombros e forço um meio-sorriso, porque não tenho certeza do quanto isso é verdade.

CRUNCH! O Grandão arranca o portão da frente e então todos nós descemos. Passamos por cima do portão quebrado e pronto, estamos lá, dentro da Fun Land. Conseguimos. Solto um assobio longo e despreocupado...

— Então, o que vamos fazer primeiro? — eu pergunto, esfregando as mãos.

— Primeiro? — Dirk pergunta. — Primeiro, provavelmente deveríamos descobrir o que fazer com esse cara. — Ele apontou um polegar para o Grandão.

O próprio Grandão responde a essa pergunta. Ele vai indo em direção a uma banquinha de comida. Sua mão bate na parede e ele puxa um maço grosso de algodão-doce. Seguro a vontade de vomitar vendo as baratas rastejarem sobre a gosma rosa pegajosa.

É menos que apetitoso, mas o Grandão engole tudo e enfia a mão de volta para mais.

— Sabe de uma coisa? — eu pergunto. — Acho que ele pode ficar bem aqui por um tempo...

— CERTO! CHEGA DE INTERRUPÇÕES! Deixem a diversão rolar! E saltar! Ou apenas, sabe, fluir. O que quer que seja que a diversão quiser, ela pode fazer — concluo.

— Jack, apenas mais um contratempo... — Quint diz.

ARGH! POR QUE TEMOS TANTOS CONTRATEMPOS?! É como uma convenção de relógios que andam para trás.

Quint ressalta que não há eletricidade no parque. Mas Dirk rapidamente encontra uma pequena entrada em uma casa com as palavras "MANUTENÇÃO ELÉTRICA" na porta.

Lá dentro, Dirk puxa uma série de alavancas, que deslizam fácil porque estão besuntadas em graxa. Logo, um *HUMMMMMMM* elétrico começa a encher o parque.

A Fun Land está ligando: tudo está ganhando vida, a magia está no ar. Brinquedos zunindo, luzes piscando, a música tocando e estou cheio de uma sensação quentinha que é apenas pura *alegria*.

Pessoal... a diversão definitiva... começou...

> Vamos no Gira-gira Zero Gravidade, depois no Canhão e então no Apaga Mentes!

> temos que ir na Montanha-Trovão!

> Nada de Turbilhão. Ele me faz enjoar.

> Tudo te faz enjoar, Quint.

Nós rimos, brincamos e provocamos um ao outro. Cada um dos meus amigos tem um sorriso maior do que eu vi em meses.

Eu completei meu objetivo: entreguei a DIVERSÃO DEFINITIVA!

Como eu disse, este é o meu primeiro parque de diversões, mas levo apenas seis minutos para anunciar:

— ESTOU TOTALMENTE APAIXONADO POR PARQUES DE DIVERSÃO AGORA! O cara que os inventou merece seu próprio feriado! Quero dizer, se o mundo voltar ao normal e realmente houver feriados novamente.

— O *cara* que inventou parques de diversões? — June diz, me cutucando. — Poder ter sido uma garota. Uma *mulher*.

— Sim! Claro! Dãã! — eu respondo. — Ponto totalmente inteligente e preciso. Mulher ou homem, criança ou cara ou o quem quer que tenha inventado os parques de diversões, eles são heróis mundiais.

Cada brinquedo é mais incrível que o anterior — exceto em alguns onde encontramos monstros à espreita em lugares inesperados... Como no Chapéu Mexicano...

Ei!
Para com isso!
Estamos tentando aproveitar!

PEGA!

Depois disso, praticamente vomitamos nas Scooters Voadoras, o Matterhorn nos atordoa, o Gravitron nos gira loucamente e o Navio Pirata nos faz virar e virar. E no momento em que saímos cambaleando do Evolution...

— Eu vou vomitar — Quint geme.

— Vamos de novo! — exclama June.

MURGHHHH!!!! GRRUUUUARNN!

Um gemido de zumbi corta o ar. Nada estraga uma tarde agradável como um gemido de zumbi.

Mas está tudo bem! Os poucos zumbis no parque estão presos dentro de cabines de jogos. Eles usam uniformes vermelhos e brancos da Fun Land. Talvez fossem até fofos, se seus rostos não estivessem caindo do crânio.

Ignorando os zumbis, Quint e Dirk localizam o High-Strike, o que os leva ao jogo mais desigual de todos os tempos...

Por um momento, somos apenas June e eu, sozinhos. Eu quero perguntar uma coisa para ela, mas é como se eu não pudesse falar. Conversar com June de amigo para amigo não tem problema, mas isso é diferente: as palavras simplesmente não saem da minha boca. Eu *enfiaria* meu braço na garganta e *arrancaria* as palavras se pudesse, mas as palavras seriam cobertas de baba e, de verdade, quem gosta palavras babadas? Ninguém quer palavras babadas, isso sim.

Finalmente, eu consigo murmurar:

— June, posso ganhar um prêmio para você?

— Como assim? — ela pergunta.

— Você sabe. Como em um filme! Onde o garoto prova que é o mais legal ganhando para a garota um Smurf gigante ou uma porcaria qualquer em um jogo de parque de diversões.

June torce o nariz.

— Hum, que tal... NÃO? É mais fácil eu ganhar um prêmio pra você.

— Ah, melhor ainda! — respondo, sorrindo. — Você que falou... você precisa me ganhar um prêmio. E não pode simplesmente arrancar uma porcaria qualquer de uma cabine! Você tem que vencer um jogo, e jogando de acordo com as regras.

June cruza os braços, pensa nisso por um segundo e depois concorda.

— Desafio aceito!

E com isso, os jogos do parque de diversões zumbi começam...

Sequência supertranquila e alegre de jogos da Fun Land!

June finalmente triunfa em um jogo de Tiro ao Alvo na Terra do Velho Oeste do parque.

— Certo, pequeno Jack — ela fala, usando uma voz totalmente de mãe. Ela até bagunça meu cabelo e pergunta: — Qual prêmio você gostaria, querido?

Ela está 100% zombando de mim, mas eu não ligo; gosto de ouvi-la me chamar de querido, isso aquece o meu peito.

— Aquele chapéu de caubói do xerife! — digo, apontando para um dos muitos prêmios do tipo Velho Oeste. — Vou dar para o Dirk, já que ele gosta de coisas de caubóis.

June evita o zumbi atrás do balcão e tira o chapéu de caubói da parede de prêmios. Eu agarro o chapéu e, por um breve momento, nós dois estamos segurando o chapéu.

Por um breve momento, não me importo com esse mundo morto-vivo. Por um breve momento, a vida é perfeita.

Mas como eu disse, é um breve momento...

Quint e Dirk dobram a esquina. Eu vejo a antena do rádio saindo da mochila de Quint, balançando e sacudindo a cada passo.

E então acontece.

Uma luz pisca no rádio.

Em seguida vem um som estridente e sibilante. O rádio está transmitindo...

— *ESTÁTICA, BZZZT... NOSSA PRÓXIMA TRANSMISSÃO SERÁ A ÚLTIMA... ESTÁTICA, BZZZT, TEM ALGUÉM AÍ? ESTÁTICA, BZZZT...*

June suspira. O chapéu de caubói cai da mão dela. Ela corre na direção de Quint e do rádio.

E assim, eu sou esquecido.

Mesmo este, *o momento perfeito*, não é bom, médio, suficiente ou nada perto do rádio precioso, estúpido, especial e talvez até malditamente mágico.

Estamos cercados por montanhas-russas e jogos, e eles preferem passar o tempo com estranhos no rádio. Eles preferem ouvir estranhos a se divertir comigo.

Eu realmente acreditava que a Fun Land era a única coisa que poderia fazê-los mudar de ideia. A única coisa que poderia provar que essa vida que criamos aqui *vale a pena não ser deixada para trás.*

Mas eu estava errado.

Nada pode.

E essa percepção... faz com que eu meio que a perca a cabeça...

> RÁDIO ESTÚPIDO!
>
> PAIS ESTÚPIDOS!
>
> VONTADES, NECESSIDADES E FAMÍLIAS ESTÚPIDAS!
>
> ESTOU BEM AQUI, MAS VOCÊS SÓ LIGAM PRA ESSE RÁDIO!
>
> TUDO QUE VOCÊS QUEREM É PEGAR O QUE CONSTRUÍMOS E DESTRUIR TUDO!
>
> ESSE RÁDIO É UMA FERRAMENTA DE DESTRUIÇÃO. DESTRUIÇÃO ATÔMICA DE AMIZADE!

Estou arfando. Meu corpo está tremendo. Meus músculos, meus pequenos e elegantes músculos, estão retesados. Meus amigos desviam o olhar do rádio. Eles olham para mim. Eles estão calados. E um pouco assustados, até.

De repente estou fora de mim, meio enlouquecido e correndo em direção a eles. Os olhos de Quint se arregalam e ele gagueja:

— Ei, ei, espere, amigo! O que você está fazendo?!

— Eu vou destruir essa COISA TERRÍVEL! — eu grito.

Então pego o rádio das mãos de Quint e o levanto bem acima da minha cabeça.

Uma loucura insana do tipo Gollum me domina. Estou praticamente rindo como um lunático. Vou *esmagá-lo* contra o concreto duro. Mas não faço isso.

Eu não posso.

Não do jeito que meus amigos estão olhando para mim...

— Me desculpem... — eu falo e abro um meio sorriso amarelo.

June e Quint expiram com força. Dirk relaxa os punhos. Mas quando eu começo a baixar o rádio...

Eu ouço.

O rádio está sibilando de novo.

NOSSA PRÓXIMA TRANSMISSÃO SERÁ A ÚLTIMA...

ESTÁTICA,

BZZZT

...VAMOS TENTAR MAIS UMA VEZ ESTA NOITE, ÀS 22H...

ESTÁTICA,

BZZZT

Capítulo Catorze

Todo mundo fica olhando para mim...

Meus braços tremem. Eu gentilmente abaixo o rádio e o ponho no chão. Dou um passo trêmulo para trás. Eu tenho medo dele.

June fica boquiaberta quando percebe o que está acontecendo... então ela faz um som agudo e corre em direção ao rádio.

REPETINDO: VAMOS TENTAR MAIS UMA VEZ ESTA NOITE, ÀS 22H...

Eles disseram que a última transmissão é às dez da noite de hoje!

É já são sete agora! Faltam só três horas!

ESTÁTICA, BZZZT

E ainda ouvimos meio quebrado!

Qual o problema?

Quint coça a cabeça por um momento, depois olha para cima, observando os enormes brinquedos que se erguem sobre nós.

— Ah, caramba... — ele fala. — Todo esse metal e eletricidade estão interferindo no sinal. Nós devemos alcançar uma altitude maior.

— O grande pico da Montanha-Trovão é o ponto mais alto do parque — June lembra. — Que tal?

— Uma sugestão excelente! — Quint exclama. — A Montanha-Trovão! Engenhoso, June.

Eu não falo nada. Ainda estou muito atordoado. Muito fora de mim.

Eles começam a correr em direção à Montanha-Trovão. E é aí que ouço o som horrível de asas esqueléticas batendo no ar.

O som me tira do meu sentimento de estranheza congelada e em seguida já estou alcançando e agarrando Quint e gritando:

— Gente, se escondam!

Eu puxo Quint, e June e Dirk nos seguem. Mergulhamos dentro do Gazebo de Massas Fritas em Óleo da Fun Land, deslizamos sobre um balcão e caímos em um monte de pipoca velha. Formigas marcham sobre os grãos.

Um instante depois, uma sombra varre o chão.

O Rei Monstro Alado.

O monstro voa acima do parque, circulando duas vezes antes de descer e pousar no topo da roda-gigante. Ela range e se dobra sob o peso do Rei Monstro Alado.

Mas o monstro não se move.

Todo mundo sabe o que isso significa: enquanto o Rei Monstro Alado estiver lá, estamos presos.

Perderemos a transmissão de rádio. E não apenas qualquer transmissão de rádio: a última transmissão. Tudo pelo que meus amigos trabalharam tanto será arruinado. A coisa *mais* importante para eles corre o risco de se perder.

O silêncio entre meus amigos é ensurdecedor.

E a pior parte? É minha culpa!

Eu trouxe meus amigos aqui! Eu! Eu fiz isso! E o Rei Monstro Alado está aqui por *minha* causa. É a *minha* cabeça que ele encheu de sonhos esquisitos de rei! É *meu* o crânio em que ele colocou esse pesadelo horrível! Sou *eu* quem ele quer!

June quebra o silêncio.

— Parece que não vamos a lugar algum tão cedo — ela diz com um suspiro. — Então, quer conversar agora, Jack? Ou quer voltar a fazer birra como uma criança?

Eu afundo no monte de pipoca. Meu coração está disparado e estou suando em bicas, apesar do ar bem fresco da época. Meu estômago está torcido em nós como um pretzel.

E eu estou com o rosto vermelho.

Não mais com raiva, na verdade foi muito bom deixar sair aquele surto completo. Agora estou vermelho de vergonha, mas engulo isso. Finalmente, deixo tudo sair...

— Bom. Eu sei que fiquei louco e obcecado com essa coisa toda de diversão. Foi, tipo, assim que vocês encontraram o rádio. Nós ouvimos umas pessoas. E eu senti vocês se afastando... Eu tenho tentado tanto convencê-los a ficar, mas...

— Mas o quê? — June pergunta.

— Mas foi tudo em vão.

Quint vem em minha direção.

— Entendi, Jack — ele fala. — Você tem medo de que, se entrarmos em contato com outras pessoas, poderemos encontrar nossas famílias. E você vai ficar sozinho.

— Mas você *nunca* vai ser deixado sozinho — June afirma.

Eu engulo em seco. Posso sentir meu nariz começando a pingar e meus olhos se encherem de lágrimas. Meu lábio está tremendo, o que é o mais embaraçoso, porque isso que é sempre seguido por ranho e meleca.

— Eu não vou?

— Você não vai ficar nem um pouco sozinho — June responde. — Você terá a companhia dos seus videogames, bonequinhos, a coleção de chicletes mascados, suas cuecas da sorte e...

— Como...?

— TE PEGUEI! — June fala rindo, então se estica para a frente e me abraça. Quint também se inclina e Dirk faz o mesmo, envelopando todos nós. Um abraço longo e apertado, e depois todos voltamos a nos sentar e afundar em nosso poço de pipoca...

> Não importa o que aconteça, sempre seremos uma equipe incrível de amigos incríveis.

> Vocês são muito moles. E eu amo vocês.

> O que quer que aconteça a seguir, nós quatro resolveremos juntos.

PIPOCA!

Sinto lágrimas brotando atrás das minhas pálpebras. Dirk está certo, isso é total coisa de gente mole. Eu limpo o ranho do meu nariz e sorrio.

Eu me sinto inteiro. Completo. Recarregado. Não tenho *ideia* do que está vindo por aí, mas eles estão certos: vamos resolver isso juntos.

— Está bem — digo finalmente. — Chega de momentos emocionais, leves e amorosos. Não acredito que farei isso, mas agora preciso lembrá-los do rádio. Temos trabalho a fazer. E não temos muito tempo.

Me levanto e estalo o pescoço, porque isso é algo que os caras durões fazem, e me viro para June e Quint.

— Vou levar vocês ao topo da Montanha-Trovão. Esta noite. *Agora*.

— Mas Jack... — June diz. O Rei Monstro Alado...

— O Rei Monstro Alado está atrás de *mim*. Ele está tentando me dizer alguma coisa. Falando honestamente, ele meio que tem me *perseguido*. Sim, é isso, me PERSEGUIDO!

Todo mundo me olha sem entender.

Eu suspiro.

— Olha, eu, hã, não contei tudo pra vocês. Vejam bem, eu encontrei o Rei Monstro Alado duas vezes desde o quartel dos bombeiros...

— Como é que é, amigo? — Quint pergunta. — Não estou entendendo.

Eu me balanço e engulo em seco. Deveria ter dito isso a eles antes. Eu deveria ter contado tudo.

— É simples — eu digo. — A única maneira de vocês usarem o rádio é eu dar a ele o que ele quer. Ele quer um pouco de Jack? Então eu darei a ele um pouco de Jack. Vou alimentar o troll.

— Eu e o Rei Monstro Alado vamos conversar. E por conversar, quero dizer, bom, eu provavelmente quero dizer que teremos uma grande batalha épica.

Capítulo Quinze

O Rei Monstro Alado não sai de seu poleiro enquanto corremos em direção à Montanha-Trovão. Em instantes, June, Quint e eu estamos subindo no carrinho da frente da montanha-russa. Dirk gira a manivela e o carro é arrastado pela pista. Quando finalmente atinge o pico, trinta metros acima do solo, Dirk trava a manivela no lugar.

Não consigo me segurar. Eu espio pelo lado do carro. É uma visão assustadora e vertiginosa: o carro, a pista e os degraus, todos eles descem direto para o chão da Fun Land, muito, muito lá embaixo...

A pista estremece. Dirk está subindo pela pista. June coloca o rádio no carrinho. Se conseguirmos manter esse rádio em segurança até às 22h, poderemos ouvir a transmissão final.

Mas...

GOLPE DE CAUDA DO REI MONSTRO ALADO!

Recuo, ofegando, o coração batendo forte. O Rei Monstro Alado está girando no ar. Ele olha para baixo, abre a boca e solta um *SKREEEE* arrepiante de gelar o sangue!!!!

Falamos tanto em manter o rádio seguro... e o rabo grande e gordo dele acerta o rádio *com tudo*!

Ninguém diz nada. Eu praticamente posso ouvir os corações dos meus amigos batendo rápido no peito.

O rádio solta faíscas. Está danificado.

— Foi muito ruim? — pergunto a Quint.

— Certamente foi menos do que bom.

— *MAS VOCÊ CONSEGUE CONSERTAR?* — June pergunta. Sua voz está trêmula e quase em pânico. — É a ÚLTIMA TRANSMISSÃO! Às dez! E já são sete e quinze!

— Vamos fazer funcionar — Dirk afirma. — Eu prometo.

Preciso fazer *alguma coisa*, qualquer coisa, para que o Rei Monstro Alado deixe meus amigos em paz por um tempo. Se eu não conseguir, eles também não conseguirão fazer o rádio funcionar. Eles vão perder a transmissão.

— Vocês consertam — eu digo. — Vou conseguir respostas...

PORQUE NINGUÉM ZOA A TENTATIVA DOS MEUS AMIGOS DE FAZER O RÁDIO FUNCIONAR EM UM LUGAR ALTO!

Pior grito de guerra do mundo!

Ele não é brilhante.

Subo no carrinho da montanha-russa, levantando o Fatiador por cima da cabeça.

— EI, REI MONSTRO ALADO! — eu grito. — VOCÊ ME QUER?! Então venha me pegar!

RAAAWRRRRR!

O Rei Monstro Alado ruge e mergulha. Seu uivo é um horror estridente, o próprio som do mal. Suas garras se abrem.

— Tirem o rádio do carro! — eu grito. — Rápido! Ponham nos degraus, aí do lado!

Meus amigos saem do carrinho. Quint coloca o rádio nos degraus, e bem a tempo...

O Rei Monstro Alado praticamente arranca minha cabeça. Seu rabo chicoteia o carro, e há um chiado e um som repentino de guincho. Meu estômago se revira e meu corpo treme. O carrinho está descendo...

Quint grita:

— Jack!

Mas então eu já não ouço mais nada, exceto o som de rodas enferrujadas e metal estridente, enquanto o carrinho desce pela pista. Ele sacode à medida que acelera e vai bem mais rápido ao longo da pista.

Aperto a barra do carrinho com força enquanto o vento corre sobre o meu rosto. O impulso empurra o carrinho para cima e, passando o primeiro mergulho, depois ele se aproxima, faz a próxima curva e dispara para frente!

> Obrigado, Rei Monstro Alado. Sempre quis andar na montanha-russa!

A besta voadora ataca com suas garras, rasgando meu capuz e me derrubando para trás. O carrinho faz a próxima curva e eu sou jogado de volta ao assento. Meu estômago dá uma pirueta do tipo olímpico. Eu seguro a barra. Estou prestes a enfiar o Fatiador na barriga da fera, quando...

ARRANCA!

Suas garras retorcidas agarram meu casaco. O carrinho mergulha na próxima queda, mas eu não mergulho com ele, porque não estou mais dentro do carro...

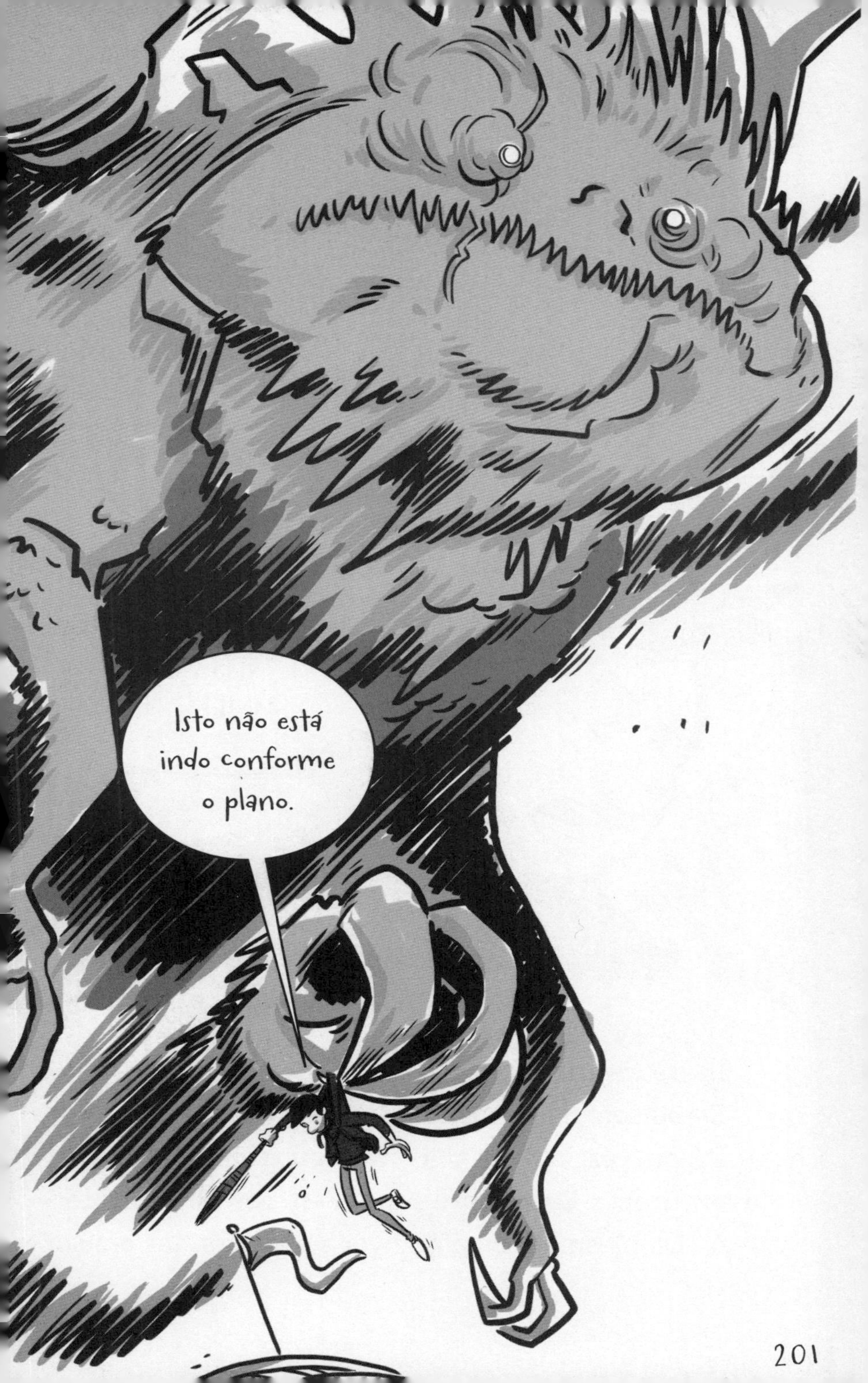
Isto não está indo conforme o plano.

Capítulo Dezesseis

> Acha que estou com medo? Pois não estou! Você deve ter me confundido com alguém que tem medo de monstros gigantes..

> E LUTAR COM MONSTROS GIGANTES É MEU HOBBY NÚMERO UM!

Isso é mentira.

Estou com *muito* medo.

Preciso esclarecer algo: não sou treinado para ser aventureiro. Eu sempre sonhei em ser um, com certeza. Da mesma forma que você pode sonhar em ser um jogador de futebol, mesmo que você NÃO SEJA QUALIFICADO DE FORMA ALGUMA PARA SER UM JOGADOR DE FUTEBOL.

E nesse mesmo sentido, EU NÃO ESTOU QUALIFICADO DE JEITO NENHUMA PARA LIDAR COM FICAR PENDURADO PELAS GARRAS DE UM MONSTRO VOADOR!

Esticando o pescoço, vejo a Fun Land encolher enquanto o Rei Monstro Alado me leva pelo céu. Vislumbro rapidamente meus amigos no topo da Montanha-Trovão. É melhor eles consertarem o rádio ou tudo isso foi por nada.

O monstro mergulha, e eu quase engulo minha língua. Olho para baixo entre meus pés pendurados. Estamos a uns quinze metros acima do solo. Se eu cair? Viro panqueca-amassada-de-Jack-morto.

Quero dizer, adoro panquecas com lascas de chocolate com chantili, manteiga extra e montanhas de xarope de bordo quente, mas não tenho nenhum interesse em virar uma dessas.

Estamos nos aproximando da loja de quadrinhos. Está detonada... Paredes inteiras desabaram e tudo está cercado por pilhas de escombros.

E há algo mais.

Duas filas paralelas de monstros estão paradas na frente da loja. Não consigo identificar que tipo de monstros eles são, mas o fedor do mal está forte ao extremo.

Estreito os olhos, tentando descobrir exatamente para o que estou olhando. Assim que as coisas estão entrando em foco, ouço meu capuz rasgar, o tecido se partir e então...

RIP!

Caio por um breve momento, e então tudo o que sinto é uma DOLOROSA E TERRÍVEL ÁRVORE-QUEBRA-OSSOS-ESMAGANDO-OS-MEUS! E essa é a *minha sensação óssea menos favorita!*

Bato em uma árvore de bordo, depois ricocheteio de galho em galho, com madeira estalando e rachando. Acerto uma curva na árvore e depois estou balançando e caindo com tudo na grama abaixo.

Eu começo a me levantar com dificuldade e finalmente pego o Fatiador. Fico em pé ainda trêmulo. Leva um momento para que meus olhos recuperem o foco, mas quando o fazem, percebo por que não vimos nenhum Monstro Alado recentemente.

Eles estavam aqui. Todos eles.

Estou olhando para uma horda cheia de Monstros Alados. Eles estão no modo "atenção", como guardas do castelo. Mas estão só me encarando, e não sinto que querem me atacar ou me afastar. Que tipo de guarda não tenta manter os inimigos afastados?

Não, esses Monstros Alados estão aqui por um motivo diferente.

Eles não são guardas, são como um comitê de boas--vindas de pesadelo.

Mas me dando boas-vindas ao quê?

O Rei Monstro Alado?

Eu não o vejo mais. Depois que me largou, ele desapareceu.

Mas... Hmm... Sim. É *isso*. Eu sinto o cheiro dele. Seu odor está permeando o ar, penetrando nas paredes em ruínas. E eu percebo:

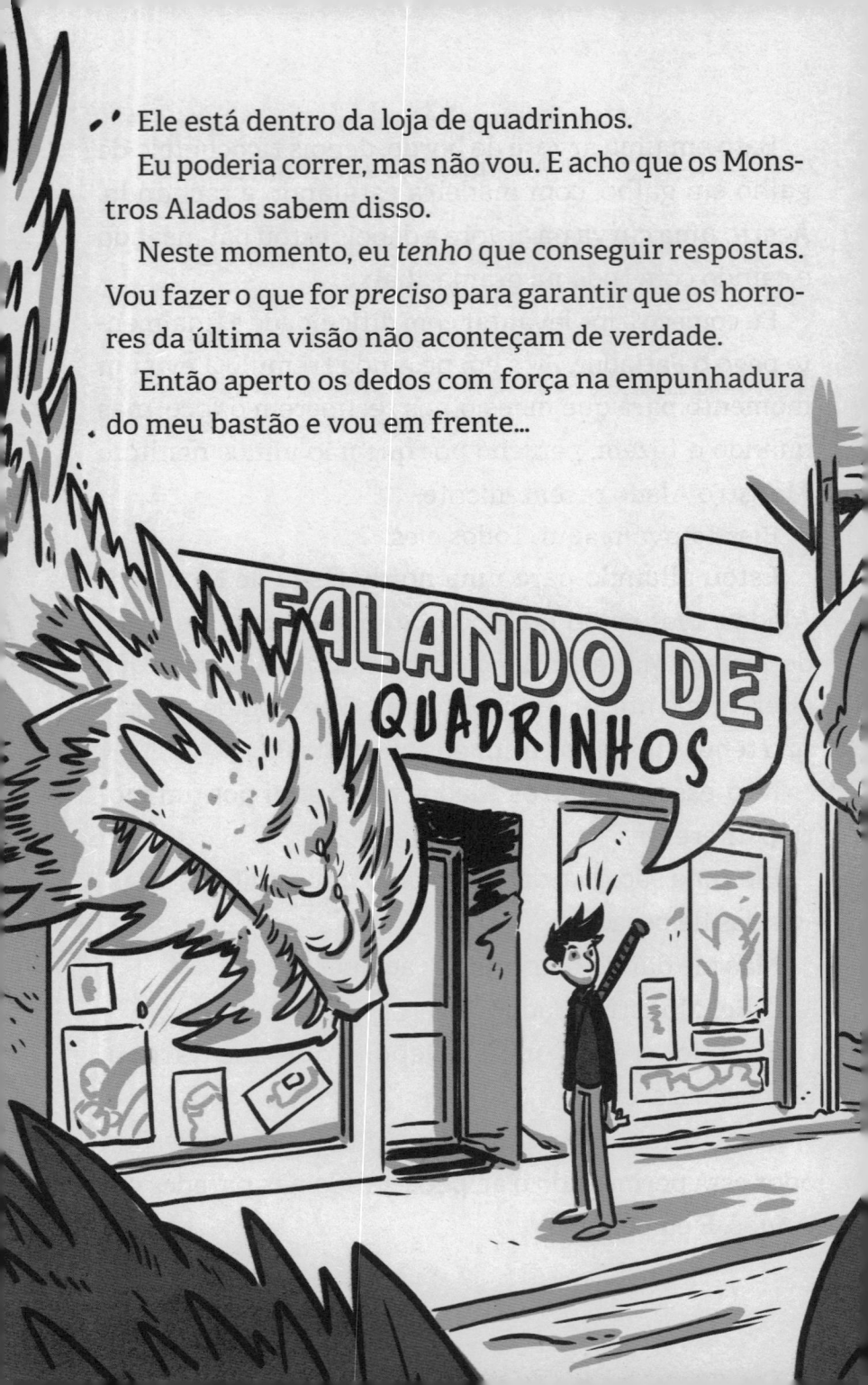

"Ele está dentro da loja de quadrinhos.

Eu poderia correr, mas não vou. E acho que os Monstros Alados sabem disso.

Neste momento, eu *tenho* que conseguir respostas. Vou fazer o que for *preciso* para garantir que os horrores da última visão não aconteçam de verdade.

Então aperto os dedos com força na empunhadura do meu bastão e vou em frente...

Os Monstros Alados não se movem. Ouço apenas o som dos meus tênis pisando as folhas caídas do outono. Sinto o hálito quente e rançoso dos Monstros Alados chiando e saindo de seus pulmões irregulares.

Deixo a fila aterrorizante de monstros para trás, abro a porta e entro na loja de quadrinhos.

O sininho acima da porta toca alegremente. Tenho a sensação de que pode ser a última coisa alegre a acontecer por um longo tempo...

BLAM!

A porta se fecha atrás de mim. Eu prendo a respiração, depois engulo o medo e examino a loja. A única outra saída está bloqueada. Uma pilha de escombros, figuras de ação e graphic novels estão bloqueando a porta. Eu localizo alguns dos meus favoritos. *Calvin e Haroldo*. *Bone*. Quadrinhos pesados, literalmente, pois são tipo livros de uma tonelada. Maldito seja o autor por uma história tão fascinante!

O Rei Monstro Alado está aqui.

Eu vejo seus olhos brilhantes primeiro. E então vejo o resto dele: seu corpo está meio dentro da loja, meio fora. Ele está deitado e a parede quebrada ao seu redor abraça seu corpo e não deixa entrar luz.

O forte cheiro do mal enche a loja.

Ossos de zumbi estão espalhados pelo chão.

Percebo, aterrorizado, que o Rei Monstro Alado mora aqui...

O monstro expira, e uma lufada de ar quente lança gibis no ar.

— Me diga o que você quer! — eu rosno.

— E o que é aquela formação de monstros idiotas lá fora? E por que você está jogando comigo? Se você quer jogar jogos, podemos fazer isso; eu gosto de muitos jogos. Adoro *Stratego* e *Minecraft*, mas não gosto *disso* que você está fazendo.

O teto racha e lasca quando o monstro se levanta, revelando sua barriga. Eu vejo uma série de escamas poderosas. Um som arrepiante preenche o ar e então essas escamas começam a se mover e a se deslocar, deslizando, revelando algo azul e brilhando sob a pele do monstro...

E então acontece: a barriga carnuda do Rei Monstro Alado se abre, revelando seu interior. Mas não há os órgãos e coisas nojentas normais de dentro e de fora. Eu estou olhando para uma janela de energia feita de carne.

E eu sei exatamente o que vou ver.

Ṛeżżőcħ.

Aquele que devora mundos.

Aquele que começou todo esse Apocalipse dos Monstros.

Aquele que quase entrou no nosso mundo.

O que eu já detive uma vez antes.

A cabeça do Rei Monstro Alado revira com dor, e das profundezas de seu ser surge um rugido ensurdecedor que sacode minha alma. O ventre azul pisca e treme. Isso me lembra a TV antiga no primeiro orfanato em que fiquei: você tinha que mexer na antena para obter a recepção correta.

Da última vez, Ṛeżżőcħ falou através de uma estranha árvore mágica. Agora é a barriga de uma fera, literalmente.

Os uivos do Rei Monstro Alado aumentam, o tom muda e a recepção se ajusta, e então eu estou olhando para Ṛeżżőcħ. E, pela primeira vez, Ṛeżżőcħ fala comigo...

> JACK SULLIVAN, É UM PRAZER TE CONHECER. SABE QUEM EU SOU?

> Ṛeżżŏcħ, o Antigo, o Destruidor de Mundos

— Eu já vi você — continuo. — Quando Thrull tentou te trazer para este mundo. Para devorar tudo.

A voz de Ṛeżżŏcħ é um sussurro terrível.

— E EU VI VOCÊ. E FIQUEI IMPRESSIONADO. VOCÊ É UM GAROTO CORAJOSO. UM GAROTO FORTE.

— Forte? Você acha? Quero dizer, nunca fiz musculação nem nada assim, mas...

— FORTE NO QUE PRECISA SER — Ṛeżżŏcħ interrompe. — POR DENTRO. O SEU EU INTERIOR É PODEROSO.

Eu estremeço e pisco uma dúzia de vezes. Estou realmente sendo elogiado por um poderoso e destruidor demônio de guerra de outro universo? Quero dizer, isso nunca foi um Feito de Sucesso Apocalíptico, mas deveria ser. E eu aceito o elogio!

Ŗeżżőcħ continua:

— ACREDITO QUE COMEÇAMOS COM O PÉ ESQUERDO, POR ASSIM DIZER. EU SOU SEU FÃ.

— Ah, sério? — disparo. — Então por que você está me caçando com o seu, esse seu… Rei Monstro Alado aqui?

— O ŚŖŒĊĔĤ? A CRIATURA A QUE VOCÊ SE REFERE COMO O REI MONSTRO ALADO? EU SÓ QUERIA FALAR COM VOCÊ. É POR ISSO QUE O MONSTRO TE SALVOU DOS MORTOS-VIVOS. EU SIMPLESMENTE QUERIA SUA ATENÇÃO, JACK.

— Minha atenção? — repito, sem entender ou acreditar.

— E o Rover? Meu monstro de estimação? Meu amigo? Você o *machucou*.

— COMO EU DISSE, SUA ATENÇÃO ERA NECESSÁRIA. ENTÃO, SIM, EU O FERI. O QUE É UM MONSTRO, JACK, QUANDO ESTAMOS DISCUTINDO O FUTURO DO SEU MUNDO?

— Ferir meu cachorro-monstro não é o caminho para ficar bem comigo.

— CHEGA! — Ŗeżżőcħ rosna. — PRECISO MOSTRAR SUAS ESCOLHAS.

— Aquelas coisas estranhas de visão de sonho?

— SE ESSE É O TERMO QUE VOCÊ USA, ENTÃO, SIM. DIGA-ME: O QUE VOCÊ VIU NO PRIMEIRO?

Eu hesito. Não posso falar com esse monstro. Eu não posso, mas me sinto incapaz de me mover. Não estou congelado, como antes… estou apenas *sobrecarregado*.

Ṛeżżőcħ diz:

— VOCÊ ERA FORTE NA PRIMEIRA VISÃO, JACK. VOCÊ ERA UM REI. VOCÊ TERIA SENTADO AO MEU LADO. E OS SEUS AMIGOS. COMO ELES ESTAVAM?

— Eles estavam bem — eu respondo e dou de ombros nervosamente. — Eu acho que estavam.

— ELES SÃO MUITO IMPORTANTES PARA VOCÊ, NÃO SÃO? EU VI VOCÊ COM ELES, NA ÁRVORE DO ACESSO.

— Sim, eles são importantes — afirmo.

— E A SEGUNDA ESCOLHA QUE EU TE MOSTREI? O QUE VOCÊ VIU?

— Foi um pesadelo.

— COMO ESTAVAM SEUS AMIGOS NELE?

Eu não respondo.

— VOCÊ ESTAVA SOZINHO — diz Ṛeżżőcħ. Ele fala mais devagar agora. Toda palavra é firme e dura. — TUDO O QUE VOCÊ AMOU: SE FOI. SUA CASA QUEIMOU. VOCÊ NÃO TINHA NADA. VOCÊ NUNCA MAIS TERIA NADA. EU IREI AO SEU MUNDO, JACK. EU VOU, MAS NÃO DESEJO DEVORÁ-LO, COMO VOCÊ SUSPEITA.

— Você... não vai? — eu pergunto.

— PELO CONTRÁRIO, GOSTARIA QUE SEU MUNDO PROSPERASSE. EU PRECISO DE UM NOVO LAR. UM LAR PERMANENTE. A ÚNICA PERGUNTA É: QUANDO EU VIER A ESTE MUNDO, COMO SEREI RECEBIDO? VOCÊ PODE DECIDIR — ele diz. — VAI SER O SONHO? OU SERÁ O PESADELO? ISSO DEPENDE DE VOCÊ.

Sacudo a cabeça como se ela fosse uma lousa digital. Com um desenho que posso sacudir e apagar. Eu não quero essa responsabilidade. Não quero lutar contra esse vilão. Quero detê-lo, com certeza, mas, na verdade, só quero voltar para a casa na árvore, fazer churrasco e jogar videogame com meus amigos.

Rezżőch ruge repentinamente:

— VOCÊ PERCEBE SUA IMPORTÂNCIA? VOCÊ DESEMPENHA UM PAPEL VITAL NO FUTURO DESTE MUNDO QUE CHAMA DE LAR. THRULL ERA FORMIDÁVEL, MAS FOI INCAPAZ DE COMPLETAR A TAREFA QUE LHE DEI. EU PRECISO DE ALGUÉM DESTE MUNDO. E OS HUMANOS PARECEM SER OS ÚNICOS SERES INTELIGENTES NESTA DIMENSÃO.

— Ei! — eu rosno. — Você já conheceu um golden retriever? Eles são INTELIGENTES. Gatos, ééé, são ameos ou deixe-os. Mas não fale mal dos cãezinhos!

— RAPAZ, VOCÊ SE DISTRAI MUITO E FACILMENTE — Rezżőch fala. — NÃO SE DISTRAIA. VENHA AQUI...

Não quero fazer isso, mas me aproximo.

A cabeça do Rei Monstro Alado se abaixa, seus olhos rodopiam, e começa... um último sonho-visão... um último pesadelo...

Eu estou sozinho.

Não sei bem aonde.

Estou em uma cidade que não reconheço.

Eu vejo meus amigos reunidos com suas famílias. June abraça seus pais. A mãe de Quint o levanta e seu pai chora de felicidade. Até o Dirk... ele está abraçando uma irmã que eu não sabia que existia.

E então eu me vejo.

Vagando como uma espécie de guerreiro do deserto. O que é bem legal, eu acho, mas estou sozinho. Ou quase.

Eu tenho o Rover.

Nada de Quint. Nada de June. Nada de Dirk. Nada de Bardo. Nada de Grandão. Nada de Skaelka. Nada de família. Apenas um garoto e seu cachorro-monstro.

E sinto a emoção disso tudo.

Não estou apenas vendo isso. Não é apenas uma visão ou sonho. Estou sentindo a dor, a agonia brutal de estar sozinho.

É uma sensação de asfixia. Como uma mão torcendo meu coração, puxando as partes mais vulneráveis de mim.

E então...

E então eu saio cambaleando daquela visão de pesadelo. Estou encarando Ṛeżżǒch novamente. E ele está me chamando. Me convocando. Pedindo minha ajuda...

"ME AJUDE, JACK. ME TRAGA PARA ESTE MUNDO E VOCÊ NUNCA MAIS PERDERÁ NINGUÉM. E PODERÁ SER REI."

"MAS SE ESCOLHER NÃO ME AJUDAR, VOCÊ PERDERÁ TUDO. SEUS AMIGOS O DEIXARÃO. E QUANDO EU VIER... EU TAMBÉM OS DESTRUIREI..."

Capítulo Dezessete

Estou cercado de heróis. A loja de quadrinhos está cheia deles.

Estou cercado por recortes de papelão em tamanho real de filmes e quadrinhos, e sinto que eles estão me observando. Luke Cage. Gambit. Obi-Wan Kenobi. Mulher-Maravilha. Ash Ketchum.

Crescendo órfão, de certa forma eu fui criado por esses heróis. Eles me mostraram como ser e como agir.

Eu poderia ser tentado por Ṛeżżǒcħ? Eu não sei. Talvez. Eu não sou perfeito.

Mas me *dobrar*? Ceder?

Abandonar tudo de bom na esperança de salvar minha própria pele? Na frente desses caras?

Como Wolverine diria: "Nem a pau".

Se Ṛeżżǒcħ queria minha ajuda, a loja de quadrinhos foi o lugar errado para barganhar...

> Não.

> Sou Jack Sullivan, PROTETOR DE AMIGOS, DEFENSOR DO REINO e MESTRE, CRIADOR E MANTENEDOR DE TODAS AS COISAS RADICALMENTE DIVERTIDAS.

> E acima de tudo, HERÓI DE AÇÃO PÓS-APOCALÍPTICO!

> E ninguém mexe com a Terra comigo vigiando!

O chão balança quando as garras do Rei Monstro Alado perfuram e dividem o chão. Na janela de carne, Ṛeżżőcħ rosna.

— QUE ASSIM SEJA, HERÓI. SE VOCÊ NÃO ME AJUDAR, SERÁ ELIMINADO. VOU ENCONTRAR OUTRO HUMANO PARA ME LEVAR À TERRA.

A cabeça do Rei Monstro Alado vira para cima e vejo a dor assolar seu corpo. O rabo dele desliza, serpenteia e estala quando Ṛeżżőcħ rosna:

— AGORA, JACK SULLIVAN, VOU VER VOCÊ MORRER, SOZINHO...

De repente, uma voz atravessa a sala:

— *Ele não ficará sozinho tão cedo!*

Eu giro para trás. June! A barricada da porta traseira está sendo jogada para o lado. Eu vejo o Grandão limpando os escombros e meus amigos correndo para dentro. Dirk entra correndo carregando o martelo da Fun Land e...

GRAAKKK!

MARTELADA NA PANÇA!

O Rei Monstro Alado uiva e se curva!
Ṛeżżǒcħ pisca e emite um grito de dor. Sei que ele não está de verdade machucado, mas o tiramos do seu portal, e agora sua voz está falhando e diminuindo.

Ṛeżżőch dá uma ordem final única ao Rei Monstro Alado:

— PEGUE SEUS SEGUIDORES E DESTRUA A PRAÇA CENTRAL! DESTRUA OS MONSTROS QUE MORAM LÁ! DESTRUA OS AMIGOS DE JACK! E DEIXE O JOVEM JACK PARA O FINAL... QUERO QUE ELE VEJA O ERRO QUE COMETEU... EU QUERO VÊ-LO SOFRER...

O Rei Monstro Alado rosna e então, com uma tremenda explosão, o monstro irrompe para o alto, dispara pelo teto e desaparece.

Eu me viro para meus amigos. Precisamos nos apressar, mas só quero passar um segundo aproveitando eles aqui.

Obrigado por me resgatarem.

O que você esperava?

A loja! Os gibis! São valiosas primeiras edições de colecionador! Insubstituíveis!

— Vocês viram aquele maldito exército de Monstros Alados lá fora? — pergunto.

— Vimos — Dirk responde. — Por que você acha que entramos pela porta dos fundos?

— Eles ainda estão lá fora... — digo, tentando envolver meus pensamentos em torno desse horror, mas depois penso em algo completamente diferente:

— Espera aí! *O RÁDIO!* O que aconteceu com o rádio?

— Ainda está na montanha-russa — June responde.

— Como assim? Mas... vocês o deixaram lá? — pergunto. — Está sozinho lá, desprotegido?

June simplesmente fala:

— Estávamos com pressa de salvar nosso amigo.

Não sei como responder a isso. O rádio era muito importante. O rádio era TUDO. E agora está lá, sem proteção, no topo da Montanha-Trovão. Mas...

WHAP! WHAP! WHAP!

Todos nós giramos. Um novo som: é como um exército de helicópteros decolando em um incrível filme de ação do Arnold.

Abro a porta da frente. O sininho toca novamente, um lembrete de que estamos em uma loja de quadrinhos de cidade pequena. Estamos em um lugar *normal, saudável* e *bom*. E isso piora tudo, porque o que estou vendo super *não é normal, nem saudável* e *nem bom*.

Todos os doze Monstros Alados estão subindo ao céu, seguindo seu líder, o Rei Monstro Alado.

Ṛeżžőcħ ordenou que o Rei Monstro Alado destruísse a cidade, e é isso que ele está fazendo. Está levando seu exército para transformar aquela segunda e horrível visão de pesadelo, a casa na árvore em chamas, amigos desaparecidos, monstros destruídos, em uma realidade fria e horrível...

— Vamos lá, galera. Temos amigos para salvar, o mal para derrotar e bundas para chutar.

Capítulo Dezoito

DESTRUIÇÃO À LA REZZOCH!

Quando chegamos à Praça Central, encontramos caos. A batalha se desenrola nas ruas, nos telhados, no chão e no ar.

Os Monstros Alados atacam enquanto o Rei Monstro Alado voa em círculos mais acima, apenas observando seus ajudantes.

Se isso aqui fosse, tipo, *Star Trek*, o Rei Monstro Alado seria a nave-mãe e os Monstros Alados seriam suas naves-auxiliares da maldade.

Bardo nos cumprimenta com a espada na mão.

— Jack! — ele grita. — Eu sinto o fedor do mal nesses monstros.

Eu concordo com a cabeça.

— O Rei Monstro Alado é um servo de Ṛeżżőcħ. Esses são os soldados dele.

— Ṛeżżőcħ... — Bardo rosna. — Então devemos...

Antes que ele possa terminar sua frase, um flash de movimento corta a escuridão. E então Bardo se foi! Arrancado do chão por um Monstro Alado!

— Bardo! — Quint grita.

O Monstro Alado circula, suas garras se abrem e Bardo é jogado na grama da praça. O chão treme. Eu observo o Ridiculamente Radical Troféu do Triunfo balançar de seu lugar no topo da estátua e cair com tudo na grama ao lado dele.

O troféu. *Os jogos.*

Eu imagino...

E, enquanto eu imagino, outro Monstro Alado pega a monstra Gwif e a *lança* na Pizza do Joe. O lugar quase desmorona.

Eu já vi isso antes, na visão. É assim que começa. E eu sei como termina também. Com todos dentro da Pizza do Joe *destruídos*.

Tudo o que construímos substituído por devastação. *Não posso* deixar que se torne realidade.

E se houvesse outra maneira? Não a primeira visão, naquela em que eu faço o que Reżżőcħ me diz e sou recompensado com respeito real e um trono incrível. Mas também não a segunda visão, em que desobedeço, e meu castigo destrói todos de que eu gosto.

E se eu pudesse ter minha *própria* visão para o futuro, algo que o Rei Monstro Alado nunca me mostrou?

Talvez a solução esteja no troféu e o que ele representa. Monstros e humanos, sendo incríveis, lado a lado...

Atenção todos! Lutem como se isto fossem os Jogos Poderosos e Ultra Importantes de Monstros Versus Humanos!

Lutem pra ganhar! Juntos!

Em meio ao caos e combate, vejo o olhar de alguns monstros. Eles estão *realmente* prestes a receber ordens de um moleque de voz anasalada com um bastão infantil de basebol?

Skaelka levanta o machado alto e ruge.

— Vocês ouviram o garoto! Façam como ele diz! Devemos decapitar a besta maior!

Bardo está se levantando, usando sua espada como apoio.

— Jack e seus amigos já detiveram Ṛeżżőcħ uma vez antes! — ele grita. — Juntos, vamos fazer isso de novo!

Eu respiro fundo, olho para o céu e grito:

— JOGO DO TORNEIO: *QUEIMADA!*

De uma só vez, tudo o que não está amarrado é lançado para cima. Bancos de parque estilhaçados são atirados contra os Monstros Alados. Postes de luz voam como dardos!

Eu assisto a um barril de lixo explodir contra a lateral de um Monstro Alado. Os monstros uivam de dor.

— PRÓXIMO JOGO DO TORNEIO: KICKBALL! — eu grito.

A fonte do parque é jogada na cara de um Monstro Alado que mergulha ao ataque. Ela se despedaça em uma explosão de pedras e tubulações.

Eu giro quando ouço uma voz falar:

— Eu prefiro fatiar!

É Skaelka, e ela está pulando do telhado de uma Casa de Carnes e *ataca* um Monstro Alado. Ela aterrissa em cima da fera, agarra a pele do monstro e baixa seu machado em um golpe pesado. O Monstro Alado uiva, gira no ar e depois cai na rua em uma erupção de calçada.

Skaelka salta, sorrindo.

— Não decapitado! — ela fala. — Mas um começo!

— JOGO DO TORNEIO: LANÇAMENTO DE HUMANOS! — grita um monstro.

Espere. Para tudo. Aquele monstro acabou de dizer: "Lançamento de humano"? Hã? Não, NÃO!

— Eu quis dizer os outros jogos! — eu grito. — Não o lançamento de humanos! Nada de lançar humanos!

Mas é tarde demais. Grandão agarrou o Quint. Meu amigo é um pequeno míssil humano ossudo prestes a ser disparado para o céu.

— NÃO! — eu grito e consigo me jogar no braço do Grandão bem quando ele se preparava para lançar o Quint, que gira no ar e cai no gramado da praça.

— Desculpe, Grandão! — eu grito. — Quint não foi feito para ser lançado! Ele é delicado!

Enquanto corro até o Quint, vejo um brilho metálico: o Ridiculamente Radical Troféu do Triunfo. O brilho da ponta afiada me dá uma ideia...

— Dirk! — eu grito. — O troféu! Use seus músculos, por favor!

Em um instante, Dirk está lá, levantando-o. Skaelka aparece, ajudando a içar o troféu.

— Para a casa na árvore! — eu grito. — Se pudermos derrubar o Rei Monstro Alado do jogo, seu exército de Monstros Alados nos deixará em paz! Talvez? Esperamos que sim? Bom, é assim que as lutas contra os chefes finais funcionam nos videogames!

RAWWWWRRR!

O rugido arrepiante do Rei Monstro Alado corta o ar noturno, e todos os Monstros Alados mergulham instantaneamente em nossa direção.

— GRRR-UNT.

É o Grandão. Ele está olhando para mim. E acho que até detecto um leve aceno de cabeça, como se ele estivesse dizendo: "Eu cuido disso, camarada. Pode ir".

June grita:

— JACK! Vou ficar aqui com o Grandão e ganhar tempo para você. Agora SE MEXE, CARA!

Então nós corremos. E atrás de nós, o Grandão e June vão à luta... com punhos voando, lança cortando e Alados sendo detonados...

Dirk e Skaelka levam o troféu para a casa na árvore. Todos nós escalamos a escada para o nível superior, onde nossa mais temível arma na casa na árvore nos espera.

— Coloque o troféu na Besta Bestial! — digo, e Skaelka faz.

— Juntos! — Dirk fala. Então, ao mesmo tempo, puxamos o cordão pesado e colocamos o troféu no lugar.

— Precisamos chamar a atenção do monstro! — exclama Quint. Ele assume o comando, colocando seu dedo no gatilho da besta.

— Vou cuidar disso! — eu grito, saltando para o nível de baixo e agarrando o BallBlaster 2000.

Finjo que o Rei Monstro Alado é Conan, o Bárbaro, e... *TWAP! TWAP! TWAP!* Um monte de bolas de tênis bate na lateral do Rei Monstro.

— Ei, Rei Monstro Alado! Estou aqui! — eu grito. — Você não *odiou* quando eu te desafiei muito na loja de quadrinhos? Bem, aqui estou eu! Venha me pegar!

Num piscar de olhos, o grande animal está cortando o ar em direção à casa na árvore. E Quint ainda está mirando...

— Ainda não... — Quint responde. Ele pacientemente observa a mira da besta.

— Cara, o Rei Monstro Alado está logo aí! — eu grito quando subo de volta.

Vejo o dedo de Quint no gatilho da besta, e começo a pensar em como ele sempre sucumbe sob pressão. Quero dizer, ele é Quint, o Travado!

Mas devo confiar no meu amigo agora, porque é para isso que servem os amigos: confiar uns nos outros!

— Ainda não — Quint repete.

A boca do Rei Monstro Alado se abre e suas presas ferozes aparecem.

— AGORA! — Quint grita quando puxa o gatilho e...

!!TIRO NO ALVO!

— BUUM! ISSO! Bem na goela! — exclamo. — Ótimo, Quint!

Quint gira, sorrindo um sorriso largo.

— Toma ESSA, amigo! Eu sou ESPLÊNDIDO sob pressão! O que eu sempre digo, Jack? A questão toda é ser hábil, e eu sou *bastante* hábil!

Dou de ombros, depois lanço a ele um sorriso provocador.

— Talvez, mas você ainda não consegue pilotar um Helidrone competitivamente.

— SE ABAIXEM! — grita Dirk, e bem a tempo...

O telhado da casa na árvore é detonado em uma explosão furiosa de madeira, cascas de árvore e pôsteres de filmes quando o Rei Monstro Alado cai e o atravessa.

Eu levanto a cabeça. Figuras de ação caem de mim. Afasto-as e vejo o Rei Monstro Alado girar no ar, engasgando e tossindo.

Nós o machucamos.

Bastante.

Nesse momento, vejo Dirk puxando um rolo de corda da mochila. Ele pula da casa na árvore para o chão abaixo.

— O que ele está fazendo? — pergunta Quint.

Dirk está girando a corda sobre a cabeça, e então grita:

— Caubói Dirk, se reportando ao serviço! — E depois...

— Precisamos afastar o Rei Monstro Alado da praça — eu digo. — Ou não haverá uma praça.

Mas aonde levamos essa fera? Fico de pé, pensando e retirando pedaços da casa na árvore demolida de cima de mim. Olhando para baixo, vejo pedaços de madeira. Entulho.

E eu sei exatamente o que fazer.

— Escutem, monstros amigos e humanos! — eu grito. — O JOGO FINAL DO TORNEIO é um novo jogo. LAÇO! Lacem essa fera!

O Rei Monstro Alado estremece e tem espasmos. Seu voo é irregular e estranho.

Estou pegando um rolo de corda quando ouço um som tremendamente retorcido bizarro...

BLAARHHYYHHEARCKKKKK!

Vômito. Uma erupção de vômito vermelho-azulado jorra no chão, e o troféu cai junto em seguida.

O Rei Monstro Alado não está mais sufocando.

Agora ele está apenas muito mais enlouquecido.

— LAÇOS! — eu grito, e imediatamente eles voam, vindo de todos os ângulos.

Eles dão voltas nas pernas do Rei Monstro Alado e fazem a fera parar no meio do ar! O monstro se contorce e bate furiosamente suas asas.

Os Monstros Alados menores voam para cima e depois circulam lentamente. Eles parecem confusos com o repentino desamparo do rei.

— Vamos expulsar esse monstro daqui! — eu grito.
— Vamos, Rover!

Mas espere aí... Cadê o Rover? Ele está sentado só assistindo essa briga? À margem? Isso não parece coisa do meu cachorro-monstro.

Mas então eu o ouço, rosnando e latindo.

Bardo está na porta da Pizza do Joe. Ele sorri, abre a porta e Rover sai correndo.

Eu suspiro.

O projeto de proteção do Rover de Bardo e Dirk está concluído. E, cara, ah caramba, é *incrível*.

Eles *blindaram* meu amigo Rover!

Eu não estava errado, é mesmo como um game, e Rover subiu de nível! É tipo, você sabe: *Rover, Armadura Simples,* DESBLOQUEADA. NÍVEL 2.

Rover olha para o céu. Seus olhos ardem de raiva enquanto ele observa o Rei Monstro Alado. Sua boca está aberta e seus dentes pontudos pingam saliva. Ele quer, vamos falar a verdade, ele quer *vingança*.

E fico feliz em ajudar.

Capítulo Dezenove

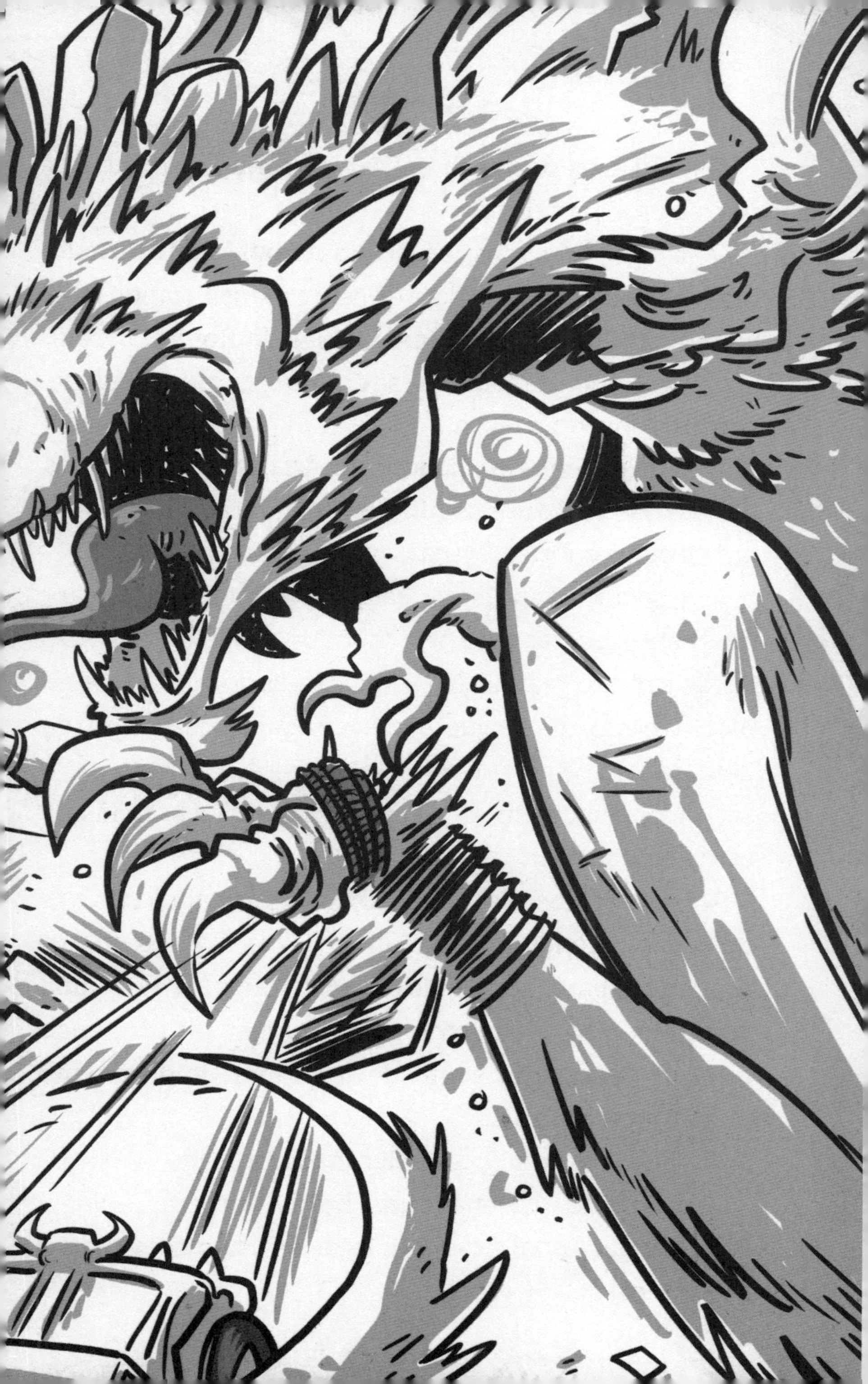

Os edifícios parecem passar correndo. A rua é um borrão embaixo de nós.

Veja bem, podemos ter laçado o Rei Monstro Alado, mas ele está nos puxando, e eu estou me segurando para salvar minha vida querida. Os pés de Rover correm, acompanhando o monstro... se ele diminuir a velocidade, serei arrancado da sela.

Mas pelo menos um pouquinho de alívio: os Monstros Alados não estão nos seguindo. Eles continuam voando em círculos sobre a Praça Central como urubus.

— Isso não é fantástico, Jack! — Quint grita, passando por mim, arrastado pelo monstro. — O Rei Monstro Alado é muito grande! Nós precisamos do *nosso próprio* monstro enorme, se queremos ter alguma esperança de derrotá-lo!

— Nós temos um! — eu respondo. — E é para lá que estou tentando ir!

Nós corremos para mais longe, mais rápido, os pés de Rover batendo loucamente no chão. O Rei Monstro Alado se debate, sacudindo os BuumKarts e a Big Mama de um lado para o outro da rua. Somente a tremenda força do Grandão nos impede de sermos simplesmente puxados para o céu.

Precisamos começar a liderar esse desfile.

— É hora dele aprender uma lição — eu grito. — Fogo! Descarregar tudo! Ataquem esse monstro com tudo o que temos!

Os ataques retardam o Rei Monstro Alado. Aperto mais as rédeas de Rover enquanto seguimos para a próxima esquina. Mas então...

WHOOSH!

As asas do Rei Monstro Alado estalam, ele voa para cima e...

PUXÃO!

Todos os laços são *arrancados* de nós! Minhas mãos ardem com uma suprema queimadura de corda... O Rei Monstro Alado está livre...

Olhando para trás, vejo a Big Mama e os BuumKarts derraparem e pararem ao lado da rua. Eles não podem mais acompanhar a gente. Quint e June e Skaelka e Bardo e Grandão e Dirk só podem assistir.

Agora sou eu, Rover e o Rei Monstro Alado...

O monstro faz a volta, cortando o ar. As cordas balançam presas em sua perna.

Eu seguro Rover apertado, com meus sentidos repentinamente hiperativos. Sinto o cheiro do ferro-velho nas proximidades...

Rover abaixa a cabeça.

Me inclino para a frente, ficando em pé na sela.

— Rover, amigão — eu sussurro. — Vamos nessa.

Abaixo de mim, Rover corre cada vez mais rápido. Sinto suas costelas tremerem. Ele rosna, um som zangado do fundo de sua barriga. E então...

ATACAR!

Quero fechar os olhos, mas não faço isso.

O Rei Monstro Alado está soltando um guincho em nossa direção. Suas asas são tremendamente escuras, coriáceas e ósseas. Seus olhos estão iluminados por uma terrível fúria verde. A boca do monstro se abre para nos devorar.

Eu vejo presas aparecendo.

Eu vejo gosma pingando.

Eu vejo a escuridão esperando.

Mas eu não recuo. Eu me inclino para a frente.

Rover se abaixa, acelerando em direção ao inimigo. E então...

Eu puxo as rédeas!

Meu assento gira. Meus braços resistem. E no último segundo possível...

Rover salta! Há um ensurdecedor...

SLAKKKK!!!!

As garras do Rei Monstro Alado batem na cabeça de Rover. Arranham a lateral do corpo dele e cortam meu ombro, mas eu seguro firme. A armadura de Rover aguenta bem.

Eu devo a meu camarada Bardo um milk-shake, ele simplesmente salvou meu cachorro-monstro de ser esmagado, cortado e ter o cérebro arrebentado.

E quando Rover pousa, todas as seis cordas estão bem presas entre os seus dentes.

> Vai, Rover! Em frente! É hora de eu levar o lixo pra fora...

> Ou melhor, é hora de tirar o lixo? Entregar o lixo?

> Tanto faz! VAMOS NESSA!

Rover corre com todas as forças. O Rei Monstro Alado é puxado pelo ar. Ele grita, uiva e bate as asas, tentando decolar, tentando fugir. Mas ele é como uma pipa girando em um tornado... um tornado com a força do Rover...

O Grande Desmanche do Big Al aparece à frente. Eu vejo a montanha de sucata se movendo. Talvez o Sucatken sinta a batalha acontecendo do lado de fora de seu lar.

Acelerando, correndo, rápido, com força, se aproximando e então...

— ROVER! — eu grito do fundo dos meus pulmões. — FREAR! AGORA!

As unhas de Rover se cravam na calçada. Ele para tão rápido que eu quase sou arremessado frente. A inércia leva o Rei Monstro Alado para a frente, para o Grande Desmanche do Big Al...

Tudo parece acontecer em câmera lenta.

O Rei Monstro Alado é lançado pelo ar.

E, enquanto observo o inimigo sendo chicoteado pelas cordas para baixo, imagino, por um instante, ver o rosto de Ṛeżżőcħ novamente. Eu o vejo na estranha e horrível barriga do Rei Monstro Alado.

Ṛeżżőcħ está me observando. Ele ainda não terminou o assunto que tem comigo.

Mas eu terminei o meu com ele.

Aperto os olhos para ver melhor e, quando o Rei Monstro Alado está prestes a bater no ferro-velho...

Eu balanço meu Fatiador no ar e corto as cordas que prendem o monstro. Ele é liberado. Lixo e metal explodem em um som alto e ensurdecedor, enquanto o Rei Monstro Alado se choca contra a pilha de sucata.

Há uma calmaria por um momento.

Silêncio.

E então há uma erupção de lixo, o Sucatken aparece e começa a enrolar seus enormes tentáculos no Rei Monstro Alado...

EMBATE DOS GRANDES MONSTROS

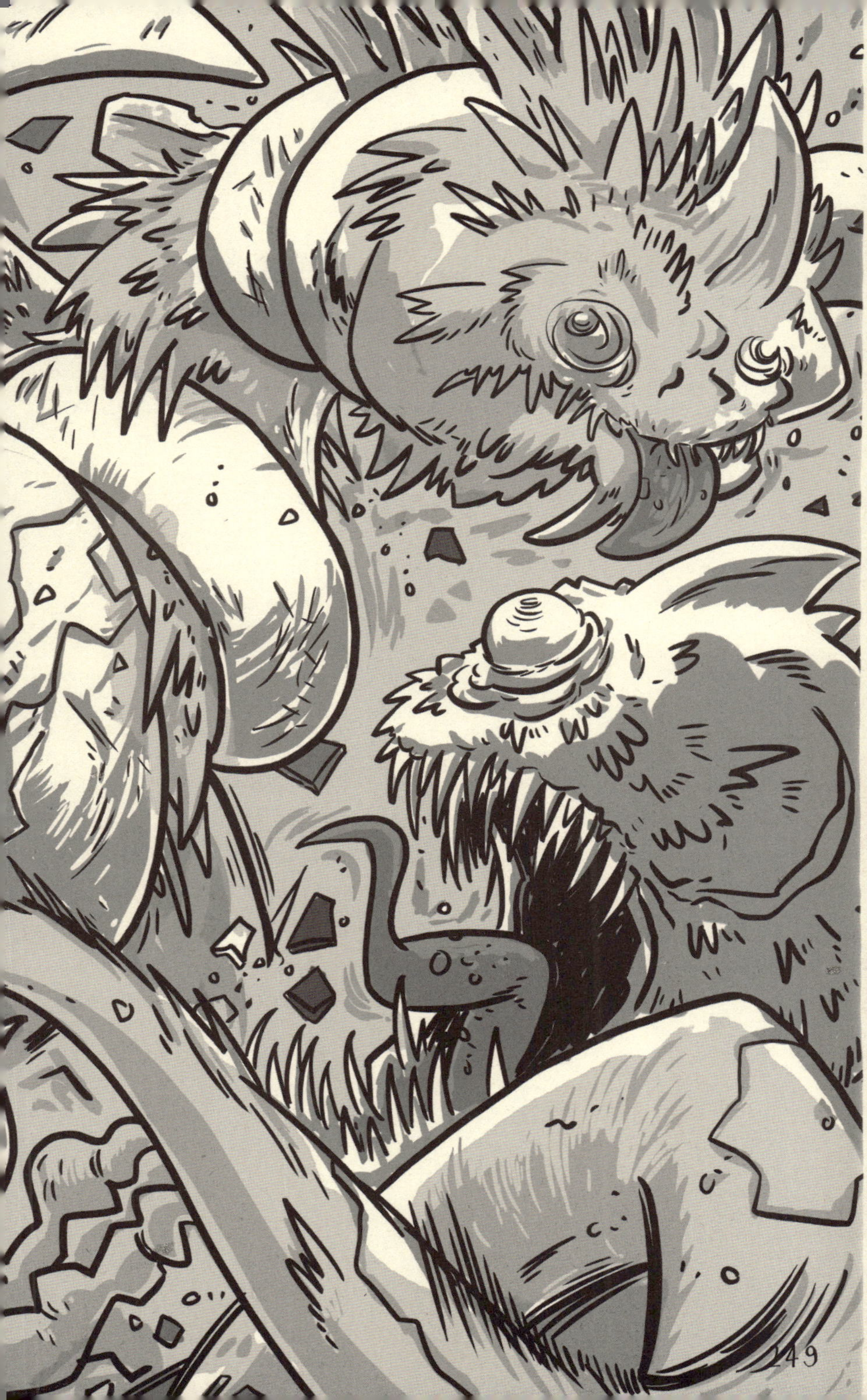

Uivos.

Guinchos.

Rugidos.

Depois sons de uma serpente deslizando e, finalmente, o Rei Monstro Alado fica em silêncio. O Sucatken o abraça como uma anaconda, apertando, esmagando e então eles desaparecem sob a sucata, para baixo do solo...

Capítulo Vinte

Meu peito sobe e desce. Estou deitado nas costas do Rover, recuperando o fôlego. Eu coço atrás das orelhas dele e apenas fico lá, sentindo meu amigo de armadura ofegando e recuperando seu folego também.

Quando finalmente me sento, vejo meus amigos.

Todos os humanos, todos os monstros. Eles estão todos sorrindo.

Eles nos salvaram. Nós os salvamos. É assim que deve ser.

Olho para além dos meus amigos, para a Praça Central ao longe. Os Monstros Alados estão se espalhando. Agora que não têm mais seu rei a quem responder, eles simplesmente voam e saem rodopiando pela noite...

— Espera aí! Que horas são? — June pergunta de repente.

Quint olha para o céu.

— Com base na posição da Ursa Maior e da Estrela do Norte no céu noturno, acho que são... e essa é uma estimativa aproximada... 8h17. Mas não me apegue a isso! Poderia ser 8h19 ou até 8h20. Não posso dizer com total precisão.

— Ainda temos tempo! — June exclama. — A transmissão final é às dez da noite!

Um sorriso enorme aparece no meu rosto quando olho para a multidão.

— Ei, monstros, vocês já foram numa coisa chamada parque de diversões?

E logo depois...

WUHÚÚÚ!!!

Dirk empurra outro carrinho pela Montanha-Trovão. Nós nos amontoamos dentro dele, e vamos até o alto da montanha-russa. Ao nosso lado, nos degraus, Rover está enrolado em uma bola. Quint termina de reparar o rádio e esperamos.

Eu observo os monstros se divertindo: jogando e curtindo os brinquedos. E então, não consigo evitar, estou muito feliz, muito orgulhoso, me levanto e exclamo:

Eu consegui!

Sou o PROTETOR DE AMIGOS, DEFENSOR DO REINO e MESTRE, CRIADOR E MANTENEDOR DE TODAS AS COISAS RADICALMENTE DIVERTIDAS!

Instantaneamente, eu me sento de volta com o rosto totalmente vermelho. Mas não há necessidade de ficar envergonhado. June joga o braço em volta de mim e me puxa com força, ombro a ombro, Dirk e eu nos cumprimentamos com um soquinho e Quint apenas sorri.

— Está quase na hora — Quint fala.

E então o grande relógio no centro do parque bate dez vezes.

Todos nós nos inclinamos para a frente, olhos no rádio, sem respirar.

Mas nada acontece.

Simplesmente... nada.

Esperamos cinco minutos.

Dez minutos.

Trinta minutos.

Ao luar, posso ver June engolir sua dor. Seu ombro se contrai e ela enxuga os olhos. E então, bem nesse momento, começa a chover. Não é uma chuva forte, mas é gelada. Nós nos aconchegamos mais uns com os outros.

Quint estende a mão e a chuva cai na palma da mão dele.

— Este será o nosso primeiro inverno durante o Apocalipse dos Monstros — ele afirma baixinho.

— Devemos esperar mais? — Dirk pergunta.

June encolhe os ombros.

— Acho que não tem por quê.

Quint começa a empacotar o rádio.

— Não se preocupe, June. Teremos o rádio sempre conosco. Nunca se sabe quando alguém pode aparecer.

— Mas a recepção é melhor aqui... June diz suavemente. A tristeza que ouço na voz dela é visível em seu rosto.

— Querem saber? — eu falo. — Acabamos de esmagar um mal terrível. Salvamos a Terra, de novo. Não tenho medo de um pouco de chuva ou um pouco de altura. Vou dormir aqui em cima esta noite. Com o rádio. Talvez quem esteja do outro lado tenha se atrasado ou algo assim. Talvez eles estejam no banheiro ou estivessem realmente gostando de um filme que estão assistindo e se esqueceram de chamar no rádio! Vamos esperar.

June levanta a cabeça com os olhos arregalados e molhados.

— De verdade?

Eu concordo com a cabeça.

— De verdade.

Dirk e eu pegamos um monte de moletons da lojinha da Fun Land e os transformamos em cobertores. Eu me encolho.

June está sentada, encarando o rádio.

Ela é a última coisa que vejo quando adormeço.

É quase madrugada quando o rádio crepita. Procuro June para acordá-la, mas não há necessidade, ela está acordada. Não parece que se moveu um centímetro a noite toda. Quint e Dirk também ouvem o rádio e se levantam. Até Rover levanta a cabeça.

> OLÁ.
> Se tiver alguém aí ouvindo... esta é a nossa transmissão final. Somos um grande grupo de humanos que sobreviveram ao Apocalipse dos Monstros. Estamos na cidade de Nova York, dentro da Estátua da Liberdade.
>
> Todos são bem-vindos...

Eu olho para os meus amigos.

Ninguém fala. Nem June.

A chuva está caindo mais forte agora, e me aconchego mais sob meus moletons. Sopro em minhas mãos para aquecê-las. E então, dando de ombros de um jeito alegre, eu pergunto:

— E aí? O que vocês querem fazer agora?

O FIM! (POR ENQUANTO...)

Mas não tema!
Jack, Quint, June, Dirk e Rover voltarão em breve!

Agradecimentos

O MAIOR AGRADECIMENTO é para Douglas Holgate, por ser o melhor desenhista de monstros gigantes da história dos desenhos de monstros gigantes. Leila Sales, minha editora brilhante e perspicaz, não posso dizer obrigado o suficiente. Jim Hoover, por ir ao infinito e além, todas as vezes. Bridget Hartzler e todo mundo no maravilhoso departamento de publicidade e marketing da Viking, obrigado por tudo o que fazem! E, claro, Ken Wright, obrigado por acreditar e apoiar esta série.

Dan Lazar, meu agente na Writers House, por tudo. Cecilia de la Campa e James Munro, por ajudar *Últimos Jovens* a viajar pelo mundo. Torie Doherty-Munro, por lidar comigo, porque sou definitivamente irritante. Kassie Evashevski, da UTA, por trabalhar tanto para levar isso para o próximo nível.

Meus melhores e mais antigos amigos, que me enviam longas, longas e longas mensagens cheias de ideias no grupo: Chris Amaru, Geoff Baker, Mike Mandolese, Matt McArdle, Sempre e Para Sempre Mike Ryan (você é demais), Marty Strandberg, Ben Murphy.

Meus pais. Obviamente.

E Alyse. Minha esposa perfeita. Eu te amo. E amo você por trazer a maravilhosa Lila ao mundo.

Para ser bem claro: este livro não é para Ruby.

MAX BRALLIER!

(maxbrallier.com) é o autor de mais de trinta livros e jogos. Ele escreve livros infantis e livros para adultos, incluindo a série *Salsichas Galácticas*. Também escreve conteúdo para licenças, incluindo *Hora da Aventura*, *Apenas um Show*, *Steven Universe*, *Titio Avô*, e *Poptropica*.

Sob o pseudônimo de Jack Chabert, ele é o criador e autor da série *Eerie Elementary* da Scholastic Books, além de autor da graphic novel best-seller número 1 do *New York Times Poptropica: Book 1: Mystery of the Map*. Nos velhos tempos, ele trabalhava no departamento de marketing da St. Martin's Press. Max vive em Nova York com sua esposa, Alyse, que é boa demais para ele. E sua filha, Lila, é simplesmente a melhor.

Siga Max no Twitter @MaxBrallier.

O autor construindo sua própria casa na árvore quando criança.

DOUGLAS HOLGATE!

(skullduggery.com.au) é um artista e ilustrador freelancer de quadrinhos, baseado em Melbourne, na Austrália, há mais de dez anos. Ele ilustrou livros para editoras como HarperCollins, Penguin Random House, Hachette e Simon & Schuster, incluindo a série Planet Tad, *Cheesie Mack*, *Case File 13* e *Zoo Sleepover*.

Douglas ilustrou quadrinhos para Image, Dynamite, Abrams e Penguin Random House. Atualmente, está trabalhando na série autopublicada *Maralinga*, que recebeu financiamento da Sociedade Australiana de Autores e do Conselho Vitoriano de Artes, além da graphic novel *Clem Hetherington and the Ironwood Race*, publicada pela Scholastic Graphix, ambas co-criadas com a escritora Jen Breach

Siga Douglas no Twitter @douglasbot.

Jack Sullivan, June Del Toro, Quint Baker, Dirk Savage, Rover, e um montão de monstros retornarão no próximo livro.

A BATALHA DOS MONSTROS NÃO TERMINA AQUI!

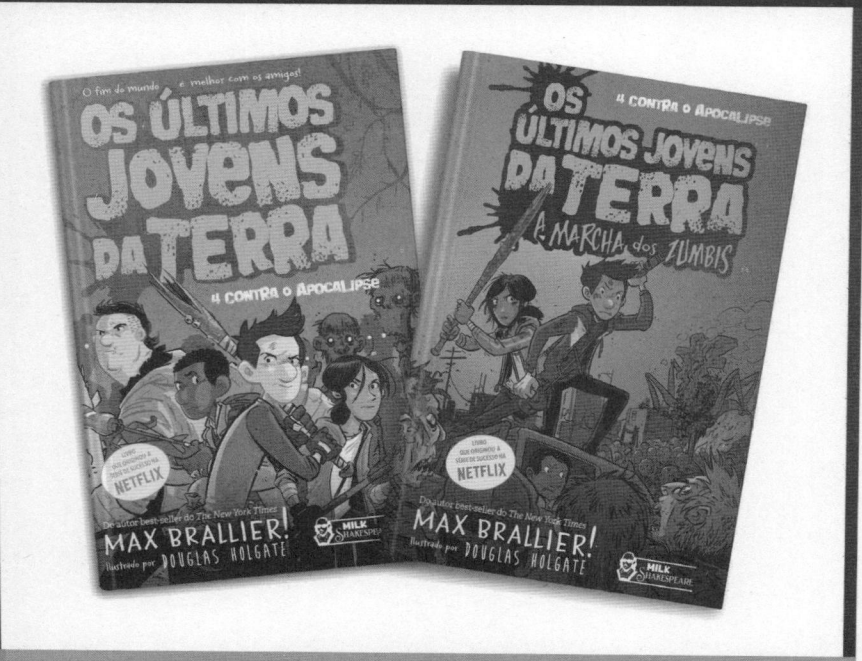

Acesse o site www.faroeditorial.com.br
e conheça todos os livros da série.

ASSINE NOSSA NEWSLETTER E RECEBA INFORMAÇÕES DE TODOS OS LANÇAMENTOS

www.faroeditorial.com.br

ESTA OBRA FOI IMPRESSA EM SETEMBRO DE 2025